उत्तम गीता
सुस्ती भगाने, गुणातीत अवस्था पाने की युक्ति

I am dear (deer) of God, No fear (shakuni) can touch me

उत्तम गीता
सुस्ती भगाने, गुणातीत अवस्था पाने की युक्ति
by **Sirshree** Tejparkhi

प्रथम आवृत्ति : अक्टूबर २०१८
प्रकाशक : वॉव पब्लिशिंग्ज् प्रा. लि., पुणे

© Tejgyan Global Foundation
All Rights Reserved 2018.
Tejgyan Global Foundation is a charitable organization
with its headquarters in Pune, India.

© सर्वाधिकार सुरक्षित

वॉव पब्लिशिंग्ज् प्रा. लि. द्वारा प्रकाशित यह पुस्तक इस शर्त पर विक्रय की जा रही है कि प्रकाशक की लिखित पूर्वानुमति के बिना इसे व्यावसायिक अथवा अन्य किसी भी रूप में उपयोग नहीं किया जा सकता। इसे पुनः प्रकाशित कर बेचा या किराए पर नहीं दिया जा सकता तथा जिल्दबंद या खुले किसी भी अन्य रूप में पाठकों के मध्य इसका परिचालन नहीं किया जा सकता। ये सभी शर्तें पुस्तक के खरीददार पर भी लागू होंगी। इस संदर्भ में सभी प्रकाशनाधिकार सुरक्षित हैं। इस पुस्तक का आंशिक रूप में पुनः प्रकाशन या पुनः प्रकाशनार्थ अपने रिकॉर्ड में सुरक्षित रखने, इसे पुनः प्रस्तुत करने की प्रति अपनाने, इसका अनूदित रूप तैयार करने अथवा इलेक्ट्रॉनिक, मैकेनिकल, फोटोकॉपी और रिकॉर्डिंग आदि किसी भी पद्धति से इसका उपयोग करने हेतु समस्त प्रकाशनाधिकार रखनेवाले अधिकारी तथा पुस्तक के प्रकाशक की पूर्वानुमति लेना अनिवार्य है।

Uttam Gita
Susti Bhagane, Gunateet Avastha Pane Ki Yukti

यह पुस्तक समर्पित है उस पुरुषोत्तम को
जिसने त्रिगुणों के माध्यम से मनुष्य देह
को चलाने की रचना की
और
वापस इन त्रिगुणों के पार जाकर
अपना एहसास कराने (करने) की व्यवस्था की।

मन के पानी को शांत रखनेवाला कौन
उत्तम पुरुषोत्तम को समर्पित जीवन

बात उस समय की है जब द्रौपदी का स्वयंवर हो रहा था और शर्त के अनुसार अर्जुन को घूमती मछली के पानी में प्रतिबिम्ब देखकर उसकी आँख में तीर मारना था। अर्थात देखना नीचे पानी में था और तीर ऊपर लटकती मछली पर चलाना था।

उस समय श्रीकृष्ण उसका मार्गदर्शन कर रहे थे कि तुम्हें ऐसे बैठना चाहिए, ऐसे धनुष पकड़ना चाहिए, इस तरह साँस लेनी चाहिए इत्यादि। इस पर अर्जुन ने कहा, 'सब मुझे ही करना है तो हे गिरधारी आप क्या करेंगे?' इस पर श्रीकृष्ण ने कहा, 'मैं वह करूँगा, जो तुम नहीं कर सकते।' अर्जुन ने पूछा, 'ऐसा क्या है जो मैं नहीं कर पाऊँगा और वह आप करनेवाले हैं? इस पर श्रीकृष्ण ने कहा, 'मैं उस पानी को स्थिर रखूँगा।'

कहानी का बोध कहता है- जो काम हमारे हाथ में नहीं है, उसे ईश्वर पर छोड़ देना चाहिए। उस वक्त पूरी तरह समर्पित हो जाना चाहिए। इस समझ को जीवन में उतारते हुए आगे से जब भी आप घर से किसी काम के लिए

निकलें तो प्रार्थना करके निकलें– 'हे **पुरुषोत्तम,**

मैं इस–इस काम के लिए निकला हूँ,

कृपया मेरे मन के पानी को स्थिर रखना।

यह काम केवल तुम कर सकते हो।

मैं यह कार्य करूँगा मगर

तुम वह करना जो कोई नहीं कर सकता।

कृपया मेरे मन के पानी को स्थिर रखना।'

जो भी कार्य आप करते हों उसमें जब मन अस्थिर हो जाता है तब सब गड़बड़ियाँ शुरू हो जाती हैं। जब मन स्थिर है तो सब काम बढ़िया ढंग से हो जाते हैं!

इसलिए जब भी मन में किसी प्रकार का डर, संशय या असुरक्षा के भाव आएँ तो तुरंत उत्तम पुरुषोत्तम की शरण में जाएँ। ऐसा क्यों करना है, इसे आपने उपरोक्त कहानी से समझा। जैसे अर्जुन के जीवन में आपने देखा कि वे हर क्षेत्र में सफल हुए। युद्ध, विवाह और आजीविका में भी...! ईश्वर को समर्पित होकर आपको भी वैसी ही सफलता मिलेगी।

आज संसार में दिन-प्रतिदिन बहुत कुछ घटित हो रहा है। उन घटनाओं को हम अच्छे-बुरे का लेबल लगाते रहते हैं। ऐसा हो गया, बहुत अच्छा हो गया... वैसा हो गया, बहुत बुरा हो गया...। कहीं कोई अनहोनी होती है जैसे भूकंप, सूनामी, बाढ़ आदि... में बड़े स्तर पर जन-धन की हानि होती है तो लोग ईश्वर को दोष देने लगते हैं, तुमने ऐसा क्यों किया? यदि एक-एक घटना को व्यक्तिगत दृष्टिकोण से देखा जाए तो हमें कुछ सही और कुछ गलत लगेगा। मगर जब संपूर्ण विश्व को उच्चतर दृष्टिकोण (हेलीकॉप्टर व्यूह) से देखेंगे तो पाएँगे कि सभी घटनाएँ एक बड़ी घटना के ही छोटे-छोटे हिस्से हैं, जो उस बड़ी घटना के होने में अपनी-अपनी तरह से सहयोग दे रही हैं। यह बड़ी घटना है उस उत्तम पुरुष पुरुषोत्तम (ईश्वर, सेल्फ) की लीला, जो

निरंतर स्वचलित, स्वघटित चल रही है। जिसमें सभी अपनी-अपनी तरह से कुरबानी देकर सहयोग दे रहे हैं।

जैसे एक पेड़ होता है, समय आने पर उसके पत्ते गिरते हैं ताकि पेड़ पर कुछ नया प्रकट हो। इसी क्रम में पेड़ कुरबानी देते हैं जंगल को बचाने के लिए, जंगल कुरबानी देते हैं, समाज को बचाने के लिए। जंगलों से समाज को कितना कुछ मिलता है- ज़मीन, लकड़ी, वनस्पति...। समाज कुरबानी देते हैं देश को बचाने के लिए, देश कुरबानी देता है विश्व को बचाने के लिए, विश्व प्रकृति को बचाने के लिए, प्रकृति पुरुषोत्तम की लीला बचाने के लिए...।

यदि इस चक्र को उलटा देखें तो पुरुषोत्तम (सेल्फ) प्रकृति को अपना आइना बनाता है। प्रकृति विश्व को अपना आइना बनाती है। इसी तरह विश्व के लिए देश, देश के लिए समाज, समाज के लिए मनुष्य आइना बनता है और मनुष्य का आइना कौन है? वह है उत्तम पुरुषोत्तम यानी सेल्फ। इस तरह यह पूरा संसार एक चक्र है, जिसमें सब चल रहा है।

लोग अज्ञान में सोचते हैं, ऐसा क्यों हो गया? वैसा क्यों हो गया? जिससे मन में डर, संशय और असुरक्षा के भाव पनपते हैं। ऐसे में एक मंत्र दोहराएँ- 'आई एम डियर (डीयर) ऑफ गॉड, नो फीयर (शकुनी) कैन टच मी' 'मैं ईश्वर का प्रिय हूँ, कोई भी डर (शक) मुझे छू नहीं सकता।' यहाँ डीयर का प्रिय के अलावा एक और अर्थ है- हिरन और फीयर का अर्थ है शंका से भरा मन-शकुनी। इन अर्थों के साथ यह समझ रखें कि 'मैं ईश्वर का हिरन हूँ, मैं उसकी छत्रछाया में इस पृथ्वी जीवन रूपी खेल में खेल रहा हूँ, अतः मैं पूरी तरह से सुरक्षित हूँ। कोई भी डर, अविश्वास रूपी शक मुझे छू नहीं सकता।'

अब अपनी आँखों को ज्ञान की दृष्टि देकर देखें, इस खेल में सभी एक-दूसरे के लिए जी रहे हैं। एक-दूसरे के उत्थान के लिए, विकास के लिए

अपनी कुरबानी दे रहे हैं। डर की कहीं कोई बात ही नहीं है। इस पूरी व्यवस्था को अध्याय पंद्रह में एक बड़े वृक्ष के रूप में दिखाया गया है। जिसके मूल में उत्तम पुरूषोत्तम (स्रोत, सेल्फ) है और उससे यह पूरा लीलारूपी वृक्ष प्रकट हो रहा है।

इस लीला को प्रकृति के तीन गुण आगे बढ़ा रहे हैं- रज, तम और सत्। ये गुण समझो इंसान की डोरियाँ हैं जो उसे नचा रहे हैं, चला रहे हैं। सत्वगुण अच्छे कर्म करता है। वह सुख और ज्ञान में जाता है मगर उसे इसका अहंकार भी हो सकता है। रजोगुणी निरंतर भागता है, कर्मरत रहता है। वह सुख में ठहर ही नहीं पाता इसलिए यह गुण हानिकारक भी हो जाता है। तमोगुण सुस्ती, आलस लाता है। जो इसमें फँस जाता है वह जीवन में कुछ नहीं कर पाता।

दिनभर में आपके अंदर कभी सत्वगुण ऊपर आता है तो कभी रजोगुण और कभी तमोगुण। उनके अनुपात बदलते रहते हैं मगर वे ही आपको नचाते हैं। आपको इन तीनों गुणों की गुलामी नहीं बल्कि लाभ लेते हुए, इन गुणों से ऊपर उठी गुणातीत अवस्था में स्थापित होना है। चौदहवाँ अध्याय गुणत्रयविभागयोग आपको इसी अवस्था में स्थापित करेगा। गुणातीत अवस्था में जीवन जीते हुए आपको अर्जुन की तरह पुरुषोत्तम की शरण में रहना है। उसका डियर (प्रिय) बनना है।

ईश्वर को तत्व से जानकर, उसकी लीला को समझकर और प्रकृति के तीनों गुणों से परे गुणातीत पर जाकर आपका जीवन सफल बने, आप हर फीयर (शकुनी) से मुक्त हों, आपको जीवन का कुल-मूल उद्देश्य प्राप्त हो, इसी शुभकामना के साथ यह उत्तम पुरुषोत्तम गीता आपकी सेवा में खुल चुकी है।

... सरश्री

अध्याय १४
गुणत्रयविभागयोग

‖ अध्याय १४ - सूची ‖

श्लोक	विषय	पृष्ठ
1-4	ज्ञान और ज्ञानी (श्रीकृष्ण महिमा)	11
5-9	त्रिगुणों के गुण व अवगुण	19
10-13	तीन गुण कैसे बढ़ते हैं	29
14-15	त्रिगुण और मृत्यु	37
16-18	तीन गुणों का फल और गति	41
19-27	गुणातीत की महिमा और लक्षण	51

भाग १
ज्ञान और ज्ञानी
(श्रीकृष्ण महिमा)
॥ १-४ ॥

अध्याय १४

परं भूय: प्रवक्ष्यामि ज्ञानानं मानमुत्तमम्। यज्ज्ञात्वा मुनय: सर्वे परां सिद्धिमितो गता: ॥१॥
इदं ज्ञानमुपाश्रित्य मम साधर्म्यमागता: । सर्गेऽपि नोपजायन्ते प्रलये न व्यथन्ति च ॥२॥
मम योनिर्महद्ब्रह्म तस्मिन्गर्भं दधाम्यहम्। सम्भव: सर्वभूतानां ततो भवति भारत ॥३॥
सर्वयोनिषु कौन्तेय मूर्तय: सम्भवन्ति या: । तासां ब्रह्म महद्योनिरहं बीजप्रद: पिता॥४॥

1

श्लोक अनुवाद : श्री भगवान् बोले, अर्जुन!– ज्ञानों में भी अति उत्तम उस परम ज्ञान को (मैं) फिर कहूँगा, जिसको जानकर सब मुनिजन इस संसार से (मुक्त होकर) परम सिद्धि को प्राप्त हो गए हैं।।१।।

गीतार्थ : चौदहवें अध्याय के आरंभ में भगवान श्रीकृष्ण एक बार पुनः कहते हैं कि सभी तरह के ज्ञान में श्रेष्ठ ज्ञान को मैं फिर से कहूँगा। एक होता है अनुभव के साथ ज्ञान और दूसरा है विविध ज्ञान। विश्व में जानकारी प्राप्त करने के जितने शास्त्र हैं, जितनी विद्याएँ हैं, जितने जानने योग्य ज्ञान हैं, इन सब विविध ज्ञानों में आत्मज्ञान (तेजज्ञान, अनुभव का ज्ञान) परम श्रेष्ठ ज्ञान है। क्योंकि यह इंसान को दुःख से मुक्त करके अखंड शांति में स्थापित करता है। बाकी सारे ज्ञान इंसान की भौतिक उन्नति में उपयोगी होते हैं। उन ज्ञानों से नाम, पद, पैसा, प्रसिद्धि तो मिलती है लेकिन सांसारिक दुःख मुक्ति का अनुभव उनसे संभव नहीं है।

कोई गहरी दुःखद घटना घटने पर एक विवेकशील इंसान को भी बार-बार सांत्वना देने की आवश्यकता पड़ती है। ठीक इसी तरह स्वयं को शरीर माननेवाले शिष्यों का अज्ञान नष्ट करने के लिए गुरु को बार-बार ज्ञान उपदेशों को दोहराना पड़ता है। आध्यात्मिक सिद्धांतों को दोहराना तब तक आवश्यक होता है, जब तक शिष्य उन्हें पूर्णता से अंगीकार न कर ले। इसीलिए भगवान श्रीकृष्ण कहते हैं कि मैं तुम्हें पुनः परम ज्ञान कहूँगा। ऐसा नहीं है कि पहले के अध्यायों में परम ज्ञान नहीं बताया गया है किंतु उसे गहराई से समझने के लिए उसकी पुनरावृत्ति होना ज़रूरी है।

इस अध्याय का मुख्य विषय है– प्रकृति के तीन गुण और इन तीन गुणों का मनुष्य के अंतःकरण पर पड़नेवाला प्रभाव। इसका ज्ञान प्राप्त किए बिना मनुष्य अपने भीतरी दोषों को समझकर उन्हें सुधार नहीं सकता। फलतः वह उच्चतम ज्ञान को ग्रहण नहीं कर पाता। इसलिए इस त्रिगुणी ज्ञान को परम ज्ञान कहा गया है।

श्लोक में आगे कहा गया है कि इस त्रिगुणी ज्ञान को पाकर सभी मुनिजन

परम सिद्धि को प्राप्त हुए हैं। जैसे आप किसी पर्वतारोहण अभियान पर निकले हैं। ऐसे में मार्ग में आनेवाले संभावित संकटों, कठिनाइयों का ज्ञान यदि आप पहले से ही प्राप्त करके रखें तो वह अभियान सरलता से सफल हो जाता है। इसी प्रकार अध्यात्म मार्ग में भी खोजी को अपने भीतर छिपे संस्कार एवं वृत्तियों का ज्ञान हो जाए तो विभिन्न घटनाओं में उनके उठने पर वह खुद ही समस्या का हल ढूँढ़ पाएगा।

यहाँ मुनि शब्द से किसी जटाधारी, भगवे वस्त्र पहने वृद्ध की कल्पना न करें, जो किसी जंगल में तपस्या में बैठा हो। मुनि का अर्थ है-मननशील मनुष्य। परमात्मा के विषय में जिसका सतत मौन में मनन-चिंतन चलता है, वह है मुनि। संसार से मुक्त होकर परम सिद्धि को पाना अर्थात देह की मृत्यु उपरांत मुक्त होना नहीं है बल्कि संसार में रहते हुए ही कमल के फूल की तरह माया से निर्लिप्त रहना है। अहंकार की मृत्यु ही मुक्ति का जन्म है।

एक माँ का जन्म तभी होता है, जब कुँवारी कन्या की मृत्यु होती है, वैसे ही परम बोध की अवस्था का जन्म तभी होता है, जब 'व्यक्तिगत मैं' की मृत्यु होती है।

2

श्लोक अनुवाद : हे अर्जुन!- इस ज्ञान को आश्रय करके अर्थात् धारण करके मेरे स्वरूप को प्राप्त हुए पुरुष सृष्टि के आदि में (पुनः) उत्पन्न नहीं होते और प्रलयकाल में भी व्याकुल नहीं होते।।२।।

गीतार्थ : श्रीकृष्ण कहते हैं- हे अर्जुन, इस परम ज्ञान को धारण कर जो मुझसे एकरूप हो जाता है, वह जन्म-मरण के भय से मुक्त हो जाता है। इस अध्याय में प्रकृति के उन तीन गुणों के खेल का अध्ययन करना है, जो इंसान को अहंकार व लेबल्स के साथ बाँध देते हैं। यदि खोजी उनसे मुक्त होकर अपने मन पर होनेवाले उनके प्रभाव को नष्ट कर दे तो उसी क्षण वह अपने

अध्याय १४ : २

व्यक्तिगत मैं से मुक्त होकर 'यूनिवर्सल मैं'* का अनुभव कर सकता है।

नियम यह है कि मन की एक अवस्था में होनेवाले सुख-दुःख के अनुभव अन्य अवस्था में प्रभावशाली नहीं होते। मन की अज्ञान अवस्था में मनुष्य को रिश्ते-नाते, मित्र परिवार से गहरी आसक्ति होती है और एक न एक दिन उनसे बिछड़ने की चिंता सताते रहती है। लेकिन एक तेजज्ञानी हरेक में ईश्वर को ही देखता है। संसार का नाटक, स्टेज और किरदार को वह बखूबी जानता है। अतः अज्ञान अवस्था के सुख और दुःख से वह सहज ही अछूता रहता है। वह अपने सत्य स्वरूप को पहचानता है, जिसकी न उत्पत्ति है, न प्रलय।

सारी दुनिया मन का खेल है। यदि हम मन से चिपकाव नहीं रखेंगे तो दुनिया के अनुभवों से अनासक्त रहेंगे। दुनिया में रहते हुए भी नहीं रहेंगे। मन की यह युक्ति है कि विचारों के द्वारा वह एक दुनिया की कल्पना करता है और फिर उससे चिपककर खुद को इस तरह बंधन में महसूस करता है, मानो उससे मुक्ति पाना असंभव है। एक शुद्ध, बुद्ध मन संसार के हर अनुभव से अछूता रहता है। ऐसे में उसे जन्म का अनुभव कैसे हो सकता है? और प्रलय से भय भी नहीं हो सकता। यह पूर्ण मुक्ति की स्थिति है। मन पर विजय पाने के लिए खोजी को मन की इन युक्तियों का पूर्ण ज्ञान होना ज़रूरी है, जिनके द्वारा वह उसे छलता रहता है। जिस तरह दुश्मन पर हमला करने से पहले उसकी रणनीति को जानना ज़रूरी है, उसी तरह मन पर जीत हासिल करने के लिए तीनों गुणों का संपूर्ण ज्ञान होना ज़रूरी है। तब खोजी अपनी समस्त अपूर्णताओं से मुक्ति पा सकेगा।

अव्यक्तिगत, इकाई, ब्रम्हांडीय, तेज मैं

3-4

श्लोक अनुवाद : हे अर्जुन! मेरी महत्–ब्रह्मरूप मूल–प्रकृति (सम्पूर्ण भूतों की) योनि है अर्थात् गर्भाधान का स्थान है (और) मैं उस योनि में चेतन–समुदायरूप गर्भ को स्थापन करता हूँ। उस जड़–चेतन के संयोग से सब भूतों की उत्पति होती है।।३।।

तथा– हे अर्जुन! नाना प्रकार की सब योनियों में जितनी मूर्तियाँ अर्थात् शरीरधारी प्राणी उत्पन्न होते हैं, प्रकृति (तो) उन सबकी गर्भधारण करनेवाली माता है (और) मैं बीज को स्थापन करनेवाला पिता हूँ।।४।।

गीतार्थ : श्रीकृष्ण तरह–तरह की उपमाओं से अर्जुन को क्षेत्र और क्षेत्रज्ञ की समझ दिला रहे हैं। यहाँ उन्होंने माता, पिता और गर्भ की उपमा से इसे समझाने की कोशिश की है। आपने अब तक जाना है कि सेल्फ की दो शक्तियाँ हैं– पहली ज्ञान शक्ति और दूसरी सृजन शक्ति। इसे अध्याय सात में परा और अपरा प्रकृति के रूप में बताया गया है। ज्ञान शक्ति मानो पुरुष है और सृजन शक्ति है माया। सिर्फ ज्ञान शक्ति या सृजन शक्ति से सृष्टि पैदा नहीं होती। इसके लिए दोनों का संयोग ज़रूरी है।

श्रीकृष्ण कहते हैं, उस महान प्रकृति यानी माया शक्ति में मैं सृष्टि का बीज बोता हूँ। यहाँ बीज से तात्पर्य संकल्प से है। जब परम चेतना जड़ सृष्टि पैदा करने का संकल्प लेती है, उसे ही संकल्प बीज का बोना कहा गया है। परमात्मा की ज्ञान शक्ति यानी परा शक्ति से यह संकल्प पैदा होता है और इसे सृजन शक्ति यानी अपरा शक्ति में बोया जाता है। इसी से सारी जड़–चेतन सृष्टि का भास होता है।

इसे गर्भ की उपमा से समझना आसान होगा कि जिस तरह माता की योनि में पुरुष बीज डाले जाने पर बालक जन्म लेता है, उसी तरह माया

अध्याय १४ : ३-४

की योनि में परमात्मा, चेतना का बीज डालता है और पंचमहाभूत नाम के बालक का जन्म होता है।

संपूर्ण सृष्टि में मनुष्य, पशु-पक्षी, वनस्पति की असंख्य योनियाँ हैं और प्रत्येक योनि में भी सभी जीव एक दूसरे से भिन्न हैं। ये सभी जीव जड़ और चेतन के संयोग से बने हैं। जड़ तत्त्व की विविधता के कारण हर जीव एक दूसरे से अलग होता है लेकिन सबके भीतर का चेतन तत्त्व एक ही है। आप जानते हैं कि केवल सात प्रमुख रंगों के अलग-अलग अनुपात में मिलाए जाने से हज़ारों रंगों के शेडस् तैयार होते हैं। ठीक इसी तरह पंचमहाभूत, मन, बुद्धि, अहंकार के अलग-अलग कॉम्बिनेशन से अरबों-खरबों तरह के जीव तैयार होते हैं।

अध्याय १४ : ३-४

● मनन प्रश्न :

१. क्या आपने कभी मानव के रंग-रूप, आकार, स्वभाव की विविधता पर गौर किया है? सात रंगों से हज़ारों रंग की उपमा से आपने क्या समझा?

२. मनन हो कि आपके मन ने ऐसी कौन सी कल्पना की दुनिया बना ली है, जिसने आपको बंधन में बाँध रखा है।

भाग २
त्रिगुणों के गुण व अवगुण
|| ५-९ ||

अध्याय १४

सत्त्वं रजस्तम इति गुणाः प्रकृतिसम्भवाः। निबध्नन्ति महाबाहो देहे देहिनमव्ययम् ॥५॥

तत्र सत्त्वं निर्मलत्वात्प्रकाशकमनामयम्। सुखसङ्गेन बध्नाति ज्ञानसङ्गेन चानघ ॥६॥

रजो रागात्मकं विद्धि तृष्णासङ्गसमुद्भवम्। तन्निबध्नाति कौन्तेय कर्मसङ्गेन देहिनम् ॥७॥

तमस्त्वज्ञानजं विद्धि मोहनं सर्वदेहिनाम्। प्रमादालस्यनिद्राभिस्तन्निबध्नाति भारत ॥८॥

सत्त्वं सुखे सञ्जयति रजः कर्मणि भारत। ज्ञानमावृत्य तु तमः प्रमादे सञ्जयत्युत ॥९॥

5

श्लोक अनुवाद : तथा- हे अर्जुन! सत्वगुण, रजोगुण और तमोगुण- प्रकृति से उत्पन्न तीनों गुण अविनाशी जीवात्मा को शरीर में बाँधते हैं।।५।।

गीतार्थ : तीसरे व चौथे श्लोक में जिस माता प्रकृति की बात की गई है, उसी प्रकृति से सत, रज व तम ये तीन गुण पैदा होते हैं। इन तीनों गुणों के अनुपात के आधार पर प्राणियों में अनेक भेद पैदा हो जाते हैं। किसी में रजोगुण की अधिकता होती है, किसी में तमोगुण की तो कोई सत्वगुणी होता है। ये तीनों गुण किसी रस्सी के समान हैं, जो सेल्फ को शरीर के साथ बाँध देते हैं। इन तीन गुणों के प्रभाव में आकर सेल्फ शरीर से आसक्त होकर कर्म करता रहता है।

जीव का अविनाशी स्वरूप वास्तव में कभी भी गुणों से नहीं बँधता पर जब वह विनाशी देह को मैं, मेरा, मेरे लिए मान लेता है तब वह अपनी मान्यताओं के कारण गुणों से बँध जाता है।

जैसे किसी लड़के का विवाह हो जाने पर पत्नी के परिवारवालों के साथ उसका संबंध जुड़ जाता है। कल तक जो कोई नहीं थे, आज सगे-संबंधी बन जाते हैं। पत्नी के वस्त्र और आभूषणों की आवश्यकता उसे अपनी आवश्यकता लगने लगती है। ऐसे ही शरीर के साथ 'मैं' और 'मेरे' का संबंध हो जाने पर सेल्फ का पूरे संसार के साथ संबंध जुड़ जाता है। शरीर की आवश्यकताओं को वह अपनी आवश्यकता मानने लगता है। स्वयं को शरीर मानने के कारण उसे अपनी या अपनों की मृत्यु का भय सताने लगता है। जिस कारण वह अनेक दुःखों में फँस जाता है। इन गुणों के प्रभाव से उत्पन्न बंधन की प्रक्रिया का स्पष्ट ज्ञान हमें मुक्ति की ओर ले जाता है।

इन तीनों गुणों के भाव अलग-अलग होते हैं, जिन्हें आगे के श्लोकों में समझाया गया है।

6

श्लोक अनुवाद : हे निष्पाप! उन तीनों गुणों में सत्वगुण (तो) निर्मल होने के कारण प्रकाश करनेवाला (और) विकार रहित है, (वह) सुख के सम्बन्ध से और ज्ञान के सम्बन्ध से अर्थात् उसके अभिमान से बाँधता है।।६।।

गीतार्थ : 'गुण गुणातीत योग' इस अध्याय में हम तीनों गुणों के बारे में विस्तार से जाननेवाले हैं। सत, रज और तम इन तीनों गुणों के गुण और अवगुण क्या-क्या हैं? जी हाँ, गुणों के गुण और अवगुण। सत, रज और तम ये तीन गुण इंसान के अंदर समाए हुए हैं, जो शरीर को चलायमान करते हैं। ये गुण यदि संतुलन में हों तो शरीर भी संतुलन में होता है। इन गुणों की अधिकता या कमी इंसान को असंतुलन में ला देती है। कैसे? आइए, इसे जानते हैं। हमारा लक्ष्य है, इनके पार गुणातीत अवस्था में जाना।

सत्वगुण : प्रस्तुत श्लोक में श्रीकृष्ण कहते हैं, इन तीनों गुणों में सत्वगुण सबसे निर्मल है। अतः वह प्रकाश फैलानेवाला है। इसका अर्थ वह अशांति, दुःख, रोग आदि न फैलाते हुए आनंद, सुख, स्वास्थ्य फैलाता है। सत्वगुणी इंसान समय पर सोता है, समय पर जागता है, सात्विक आहार लेता है, सात्विक किताबें पढ़ता है, सत्संग में रहने की कोशिश करता है, भावनाओं में नहीं बहता और क्रोध, राग, द्वेष आदि विकारों को अपने ऊपर हावी नहीं होने देता। इन सबका वह होशपूर्वक अभ्यास करता है। इसीलिए उसका मन शुद्ध, निर्मल होता है।

आप जानते हैं कि इंसान के बंधन का कारण भी यह मन है और मोक्ष का साधन भी मन ही है। सत्वगुण के ऊपर उठने से और रज व सत के कमज़ोर पड़ने से मन अनासक्ति की ओर झुकता है। विकार खुद-ब-खुद कम होने लगते हैं, अतः इंसान भीतर से प्रसन्नता महसूस करता है। सत्वगुणी इंसान संयमित जीवन जीता है, सो उसका स्वास्थ्य भी उत्तम रहता है। ये हैं

अध्याय १४ : ६

सत्वगुण के गुण, जो उसे अनेक लाभ पहुँचाते हैं।

अब जानते हैं कि सत्वगुण के अवगुण क्या हैं? सत्संग और सात्विक श्रवण-पठन से सत्वगुणी इंसान को आध्यात्मिक ज्ञान प्राप्त होता है। स्वीकार, समर्पण के भाव प्रबल होने के कारण वह सुखी-संतुष्ट जीवन जीता है। लेकिन अब उसे इसकी आदत पड़ जाती है। इस ज्ञान व सुख की आसक्ति उसे बंधन में डाल देती है। यह बात कुछ विरोधाभासी प्रतीत होती है लेकिन आगे जानते हैं कि यह कैसे सच है।

सत्वगुण के बढ़ने से चित्त शुद्धि, ज्ञान प्राप्ति, सुख और स्वास्थ्य ये लाभ होते हैं। लेकिन यदि इंसान का अहंकार कम न हुआ हो तो वह स्वयं को 'मैं सुखी, मैं ज्ञानी, मैं निरोगी, मैं स्थितप्रज्ञ' ऐसा मानने लगता है। यह अहं भावना सुख और ज्ञान से आसक्ति पैदा करती है और यही आसक्ति बंधन का कारण बनती है। साथ ही चार लोग उसके गुणों की प्रशंसा करते हैं तो वह उसका भी आदी होने लगता है। इस तरह वह सत्वगुण का गुलाम बन जाता है। किसी ज़रूरतमंद को धन की मदद, किसी बीमार को समय देने की मदद, किसी दुःखी को सांत्वना देने की मदद उसकी अपनी ज़रूरत बन जाती है। अतः लोहे की जंजीर से तो इंसान मुक्त हो जाता है लेकिन अब वह सोने की जंजीर से बँध जाता है।

कई लोगों से यह गलती हो जाती है कि वे सत्वगुण तक तो पहुँच जाते हैं लेकिन यह नहीं जानते कि हमें इसके भी पार गुणातीत अवस्था में जाना है। अतः उनकी यात्रा वहीं रुक जाती है। सत्वगुणी का एक अवगुण यह है कि वह खुद तो अपने भीतर सद्गुणों को विकसित कर लेता है लेकिन इस बात से नाराज़ होता है कि अन्य लोग ऐसा क्यों नहीं करते? जैसे वह अपनी दिनचर्या का पक्का होता है। समय पर उठना, समय पर खाना, काम करना और समय पर सोना उसकी आदत में शुमार होता है। लेकिन जब घर के अन्य सदस्य देरी से उठते हैं, सुस्ती से काम करते हैं तो सत्वगुणी अपना

आपा खोकर, क्रोधित हो जाता है। दूसरे के कारण अपना संयम खो देता है।

सत्वगुण के अवगुणों को यदि निकाल दिया जाए तो वह गुणातीत की ओर जा सकता है और यदि नहीं निकाला जाए तो इंसान सत्वगुण में ही अटका रह सकता है या पीछे भी जा सकता है। अतः हमें सावधान रहना चाहिए वरना इतना अच्छा गुण भी हानिकारक हो सकता है।

7

श्लोक अनुवाद : तथा- हे अर्जुन! रागरूप रजोगुण को कामना और आसक्ति से उत्पन्न जान। वह इस जीवात्मा को कर्मों के और उनके फल के सम्बन्ध से बाँधता है।।७।।

गीतार्थ : पिछले श्लोक में श्रीकृष्ण ने सत्वगुण का स्वरूप बतलाया, अब इस श्लोक में रजोगुण का स्वरूप बतला रहे हैं, उसके गुण व अवगुण का वर्णन कर रहे हैं। रजोगुणी इंसान महत्वाकांक्षी होता है। वह अतिक्रियाशील होता है। इसका गुण है कि यह कम समय में बहुत से काम निपटा लेता है। अपने टार्गेट्स को समय में पूर्ण करता है। ऐसे लोगों को हमेशा काम की चिंता सताए रहती है। रजोगुणी इसलिए आराम करता है ताकि दूसरे दिन बेहतर काम कर पाए।

सत्वगुण ज्ञान को प्रकट करता है, रजोगुण ज्ञान को ढँक देता है। वह शरीर और उसके लिए आवश्यक वस्तुओं को प्राप्त करने की इच्छा जगाता है। एक बार किसी वस्तु की कामना उत्पन्न होती है तो उसकी पूर्ति किए बिना इंसान को चैन नहीं आता और यदि इच्छित वस्तु मिल जाए तो फिर उसके प्रति आसक्ति पैदा हो जाती है। फिर एक नई इच्छा जन्म लेती है और इंसान उसे पाने के लिए फिर दौड़ने लगता है। इस तरह यह दौड़ रुकती ही नहीं।

रजोगुण इंसान कर्म की आसक्ति से बँध जाता है। उसका सारा

जीवन कर्म और उसके फल में आसक्त रहता है। जैसे दो गुब्बारे हैं, एक कर्म का और एक फल का। दोनों के धागे बाँध दिए गए हैं। दोनों धागों के बीच रजोगुण चिपक जाता है।

रजोगुणी अपना समस्त जीवन धन के जमा-खर्च और वस्तुओं की खरीददारी में बिता देता है। अधिक से अधिक भोग को प्राप्त करने की व्याकुलता और जो प्राप्त हुआ है, उसके खोने के डर से वह लगातार एक कर्म से दूसरे कर्म पर छलाँग लगाता जाता है। इस प्रकार अपने ही कर्म से उत्पन्न सुख-दुःख रूपी फलों को भोगने के लिए जीव शरीर से बँधा रहता है। रजोगुण में बँधे इंसान को अपने कर्तापन का अभिमान होता है। वह कभी रुककर सोच नहीं पाता कि 'मैं फलाँ काम क्यों कर रहा हूँ, क्या यह मेरे लक्ष्य से मैच खाता है?' अतः रजोगुणी की फुर्ती गुण गुणातीत योग को प्राप्त करने में बाधा है।

8-9

श्लोक अनुवाद : हे अर्जुन! सब देहाभिमानियों को मोहित करनेवाले तमोगुण को तो अज्ञान से उत्पन्न जान। वह इस जीवात्मा को प्रमाद*, आलस्य और निद्रा के द्वारा बाँधता है।।८।।

क्योंकि- हे अर्जुन! सत्वगुण सुख में लगाता है (और) रजोगुण कर्म में (तथा) तमोगुण तो ज्ञान को ढककर प्रमाद में भी लगाता है।।९।।

गीतार्थ : यहाँ पर श्रीकृष्ण पुनः पिछले श्लोकों की बातों को दोहराकर उसे पक्का करवा रहे हैं। वे कहते हैं- हे अर्जुन, तमोगुण अज्ञान से उत्पन्न हुआ है। तमोगुण से अज्ञान बढ़ता है और अज्ञान से तमोगुण। इन दोनों में बीज और वृक्ष जैसा संबंध है। अज्ञान बीज है और तमोगुण वृक्ष है। इसलिए कहीं

---

* *इंद्रियों और अंतःकरण की व्यर्थ चेष्टाओं का नाम 'प्रमाद' है।*

तमोगुण से अज्ञान की और कभी अज्ञान से तमोगुण की उत्पत्ति बताई गई है।

तमोगुण मूल अविद्या से पैदा हुआ है। मूल अविद्या अर्थात जहाँ मनुष्य स्वयं को शरीर मानता है, जब सेल्फ शरीर से जुड़कर अपना पृथक अस्तित्व स्थापित करता है। तमोगुण के प्रभाव से इंसान की विवेक शक्ति ढँक जाती है और वह मूर्ख की तरह व्यवहार करने लगता है। तमोगुण मनुष्य को प्रमाद, आलस्य और निद्रा की ओर धकेलता है।

तमोगुण ज्ञान को पूर्णतः ढँक देता है इसलिए उसे मोह में फँसानेवाला कहा गया है। मोह में फँसा इंसान गहरी आसक्ति और मूर्खता के अधीन होकर व्यवहार करता है। जैसे एक लड़का शराब पीता है, दुराचार करता है, चरित्रहीन है, धन का अपव्यय करता है। ये सब देखते हुए भी यदि माँ पुत्र से कुछ न कहे, उसके अवगुणों पर परदा डाले तो इसका कारण है– पुत्र मोह। माता खुद चरित्रवान होते हुए भी उसमें पुत्र मोह इतना बलवान है कि वह सत्य को स्वीकार ही नहीं कर पाती। धृतराष्ट्र ने अपने पुत्र दुर्योधन से ऐसा ही अंधा प्रेम किया।

प्रमाद, आलस्य और नींद तमोगुण के बच्चे हैं। ये इंसान को बंधन में बाँधते हैं। तमोगुण इंसान को काम करने की प्रवृत्ति से हटाता है। रजोगुण काम के प्रति प्रवृत्त करता है और सत्वगुण सात्विक प्रवृत्ति में स्थिर करता है। रजोगुण चंचल है अतः अनेक प्रवृत्तियों में फँसाते हुए वह मन को हमेशा अस्थिर रखता है। जहाँ सत्वगुण में मन को स्थिर करने की शक्ति है, वहीं तमोगुण में जड़ता पैदा करने की शक्ति है। जैसे जड़ पदार्थ में स्थिरता दिखाई देती है, वैसे तमोगुणी में प्रवृत्ति से हटने के कारण स्थिरता दिखाई देती है। लेकिन तमोगुण की स्थिरता निष्क्रियता है। वह प्रमाद, आलस और निद्रा से संबंधित है। सत्वगुण में स्थिरता होने से आनंद आता है। इसे एक उदाहरण से समझते हैं।

तीन महिलाएँ हैं– एक सत्वगुणी, एक रजोगुणी और एक तमोगुणी।

अध्याय १४ : ८-९

तीनों के घर मेहमान आनेवाले हैं खाने पर। अब रजोगुणी महिला की तो जल्दबाज़ी, दौड़-भाग शुरू हो जाती है, साथ ही वह घर के सदस्यों को भी बाज़ार से कुछ मँगवाने के लिए दौड़ाती है, नौकरानी को भी दसियों सूचनाएँ देती है, घर को सिर पर उठा लेती है। बाकी दो महिलाओं में एक सत्वगुणी तो एक तमोगुणी है। ऐसी स्थिति में ऊपर से तो दोनों शांत दिखाई देती हैं लेकिन सत्वगुणी महिला की शांति सच्ची शांति है, वह समझ से आई है। किसी को भोजन खिलाना वह सेवा कार्य समझती है, 'अतिथि देवो भव' की भावना के चलते भोजन बनाने में आनंद महसूस करती है। दूसरी महिला भी शांत है पर इसलिए कि वहाँ आलस्य की प्रधानता है। न उसे पकाने का उत्साह है, न किसी कार्य को बेहतरीन करने की इच्छा है। काम को टाल देना या किसी तरह से उसे पूरा कर देने की वृत्ति के कारण वह ऊपर से शांत दिखाई देती है पर वास्तव में वह सुस्त व काम में ढीली है।

प्रमाद के वश हुए इंसान में इतनी जड़ता आ जाती है कि अपने कर्तव्यों से चूकने पर भी उसे दुःख नहीं होता। तमोगुणी इंसान में कर्तव्य-अकर्तव्य का कोई भान नहीं होता क्योंकि वह आलस्य से आनंद प्राप्त करने की कोशिश करता है। वह केवल मज़बूरी के चलते काम करता है। बिना काम किए या बहुत थोड़ा काम किए उसे धन मिल जाए तो वह बहुत खुश रहता है। इसके विपरीत सात्विक मनुष्य को थोड़ा भी प्रमाद सहन नहीं होता। उसमें आलस नहीं होता और वह कम से कम नींद लेता है। तमोगुणी ठीक इसके विरुद्ध ज़्यादा से ज़्यादा नींद व कम से कम काम करता है। इस तरह सत्वगुण एक सिरा है तो तमोगुण दूसरा सिरा है और बीच में है रजोगुण।

तमोगुण ज्ञान को ढँक देता है और रजोगुण ज्ञान को काम में लगाता है। मगर सत्वगुण आनंद-आनंद में मन पर विजय प्राप्त करता है। सत्वगुणी ही आगे चलकर गुणातीत की संभावना रखता है।

अध्याय १४ : ८-९

● मनन प्रश्न :

१. मनन हो कि आपके भीतर रज, तम, सत में से किसकी प्रमुखता है?

२. आपके शरीर में जो भी गुण प्रमुख है, उनके कौन से गुण व अवगुण आपके भीतर कार्यरत हैं?

भाग ३
तीन गुण कैसे बढ़ते हैं
।। १०-१३ ।।

अध्याय १४

रजस्तमश्चाभिभूय सत्त्वं भवति भारत । रजः सत्त्वं तमश्चैव तमः सत्त्वं रजस्तथा ॥१०॥
सर्वद्वारेषु देहेऽस्मिन्प्रकाश उपजायते । ज्ञानं यदा तदा विद्याद्विवृद्धं सत्त्वमित्युत ॥११॥
लोभः प्रवृत्तिरारम्भः कर्मणामशमः स्पृहा । रजस्येतानि जायन्ते विवृद्धे भरतर्षभ ॥१२॥
अप्रकाशोऽप्रवृत्तिश्च प्रमादो मोह एव च । तमस्येतानि जायन्ते विवृद्धे कुरुनन्दन ॥१३॥

10

श्लोक अनुवाद : हे अर्जुन! रजोगुण और तमोगुण को दबाकर सत्वगुण, सत्वगुण और तमोगुण को (दबाकर) रजोगुण, वैसे ही सत्वगुण (और) रजोगुण को (दबाकर) तमोगुण होता है अर्थात् बढ़ता है।।१०।।

गीतार्थ : इस श्लोक में श्रीकृष्ण विषय को और स्पष्ट करते हुए कहते हैं कि कोई भी मनुष्य सत, रज और तम इन तीन गुणों से मुक्त नहीं है। तीनों ही गुण मनुष्य में उपस्थित रहते हैं लेकिन समान रूप से नहीं। कोई एक गुण मुख्य और दूसरे दो गुण गौण होते हैं। सत्वगुणी में सत्वगुण ऊपर रहता है तथा रजोगुण और तमोगुण नीचे रहते हैं। वैसे ही रजोगुणी में रजोगुण उन्नत दिखाई देता है और सत्वगुण व तमोगुण कमज़ोर होते हैं। तमोगुणी में तमोगुण ऊपर तथा सत्वगुण व रजोगुण दुर्बल होते हैं।

इन तीनों गुणों का अनुपात समय-समय पर बदलता रहता है। किसी क्षण में किसी एक गुण की अधिकता से प्रभावित होकर मनुष्य कार्य कर रहा होता है। उस समय अन्य दो गुणों का पूरी तरह से अभाव नहीं होता किंतु उनका प्रभाव कम होता है। ये तीनों गुण इंसान को चलाते हैं।

श्रीकृष्ण आगे कहते हैं कि सत्वगुण को बढ़ाना है तो तमोगुण और रजोगुण को कमज़ोर करना होगा। इसके लिए सत्वगुण के साथ हमेशा सहयोग करें और रजोगुण तथा तमोगुण के साथ असहयोग करें क्योंकि सत्वगुण के बढ़ने से ही गुणातीत अवस्था प्राप्त की जा सकती है।

जैसे सत्वगुण- रजोगुण व तमोगुण को क्षीण करके बढ़ता है, वैसे ही रजोगुण भी सत्वगुण और तमोगुण को दबाते हुए बढ़ता है। इसी तरह तमोगुण- सत्वगुण और रजोगुण को दबाते हुए बढ़ता है। यूँ समझिए तीनों गुणों की आपस में खींचातानी चलती है। हरेक गुण अपना दबदबा बनाए रखना चाहता है। इसलिए सत्वगुण ऊपर होने पर भी निश्चिंत नहीं रहा जा सकता। क्योंकि रजोगुण और तमोगुण मौके की तलाश में ही रहते हैं कि कब सिर उठाएँ। ऐसे बहुत से उदाहरण मिलते हैं, जहाँ सत्वगुण को भली-भाँति पोषित किया पर वक्त आने पर उसने दगा दे दिया। जैसे सत्वगुण से संपन्न ज्ञानी युधिष्ठिर जीवनभर सात्विक आचार-विचार

रखकर जीए लेकिन एक दिन कौरवों के साथ द्युत खेलते समय तमोगुण के हावी हो जाने के कारण संयम खो बैठे और अपनी पत्नी द्रौपदी को दाँव पर लगा दिया। अतः सत्वगुण को बनाए रखने में जाग्रत रहने की ज़रूरत है।

संक्षेप में तीनों गुण मनुष्य में रहते हैं और तीनों गुणों में जिस गुण का उत्कर्ष हुआ है, वैसा ही जीवन चलता है। जो इसे समझ लेता है, वही सावधान रह सकता है।

11

श्लोक अनुवाद : इसलिए– जिस समय इस देह में (तथा) अन्तःकरण और इन्द्रियों में चेतनता और विवेक शक्ति उत्पन्न होती है, उस समय ऐसा जानना चाहिए कि सत्वगुण बढ़ा है।।११।।

गीतार्थ : इस श्लोक में भगवान कृष्ण बतला रहे हैं कि सत्वगुण के अति उन्नत होने से मनुष्य के जीवन में कौन सी चीज़ प्रकट होती है। शरीर की पंचेन्द्रियाँ, कर्मेंद्रियाँ, मन, बुद्धि में प्रकाश यानी ज्ञान प्रकट होने लगता है। यहाँ ज्ञान से तात्पर्य है दो से परे का ज्ञान। अज्ञान यानी दो में बँटा ज्ञान। जैसे मेरा-तेरा, काला-सफेद, अच्छा-बुरा। जब तक जीवन के सब व्यवहारों में भेद का अनुभव आता है, तब तक अज्ञान जारी है, ऐसा समझना चाहिए।

जब हरेक के पीछे आप उस परम तत्व को देखते हैं, इंसान को कर्ता न मानते हुए उसके पीछे स्थित ऊर्जा उससे सब करवा रही है, ऐसा अनुभव करते हैं, सारे संसार को ईश्वर की लीला करके देखते हैं, जब मन अहंकार शून्य हो जाए तब समझें कि अभेद दृष्टि का संचार हुआ है। अहंकार की उपस्थिति में जगत दो में बँटा दिखाई देता है।

साधारणतः जीवन में घटनेवाली घटनाओं में इंसान किरदारों, उनके बीच के मतभेद, निंदा, दोषारोपण में लगा रहता है। लेकिन सत्वगुणी इंसान घटनाओं को समग्र रूप से देखने लगता है। संपूर्ण घटना को वह एक इकाई

के रूप में अनुभव करता है। वह जानता है कि रात के बाद दिन है, पर्वत है तो खाई है, दुःख के दम पर खुशी का महत्त्व है। ऐसे में विवेक शक्ति अपने चरम पर होती है।

शरीर, इंद्रियों और अंतःकरण में जब ज्ञान का प्रकाश फैलता है तब मानो संयम इंसान का सेवक बन जाता है, जो बात सुनने योग्य नहीं होती, उसे वह अनसुना कर देता है, जो बात देखने योग्य नहीं होती, वह उसे अनदेखा कर देता है, जो कहने योग्य नहीं होती, वह उसकी ज़ुबान पर आती ही नहीं। जिस तरह प्रकाश के सामने अंधकार नहीं टिकता, वैसे ही निषिद्ध कर्म इंद्रियों के सामने नहीं टिकते, भाग जाते हैं। इंसान विषय-वासनाओं से विरक्त हो जाता है।

जब सत्वगुण की वृद्धि होती है तब मनुष्य में ये सारे गुण दिखाई देते हैं। इस तरह सभी इंद्रियों में जब सहज संयम दृष्टि आ जाती है तब सत्वगुण का बहुत उत्कर्ष हुआ ऐसा समझना चाहिए।

12

श्लोक अनुवाद : और- हे अर्जुन! रजोगुण के बढ़ने पर लोभ, प्रवृत्ति, (स्वार्थबुद्धि से) कर्मों का (सकाम-भाव से) आरम्भ, अशान्ति (और) विषय-भोगों की लालसा- ये सब उत्पन्न होते हैं।।१२।।

गीतार्थ : इस श्लोक में रजोगुण के बढ़ने पर कौन-कौन से गुण प्रकट होते हैं, यह बताया गया है। श्रीकृष्ण कहते हैं- हे अर्जुन, इंसान के भीतर रजोगुण की अधिकता से लोभ की भावना बढ़ती है। लोभ बढ़ने से अनेक प्रवृत्तियों का जन्म होता है, जिससे अनेक कर्मों का आरंभ होता है और इन कर्मों से अशांति पैदा होती है।

लोभ कभी संतुष्ट नहीं होता इसलिए लोभी इंसान हमेशा एक के बाद दूसरा कर्म करने के लिए क्रियाशील रहता है, शांत नहीं बैठ सकता। लोभ

से प्रेरित ये कर्म स्वार्थपूर्वक ही किए जाते हैं। ऐसे सकाम कर्म कभी शांति नहीं दे सकते।

मनुष्य मुख्यतः ज़मीन-जायदाद, वस्त्र-आभूषण, नाम, पद, कीर्ति का लोभी होता है और इन सभी कामनाओं की पूर्ति के लिए धन की आवश्यकता होती है। अतः वह सीधे-तिरछे हर तरीके से धन जुटाने में लग जाता है। जैसे कभी लोगों को ठगकर, कभी रिश्वत लेकर, जुआ खेलकर, मिलावटी सामान बेचकर आदि तरीके अपनाता है। जिससे वह भौतिक सुख तो पा लेता है लेकिन आंतरिक शांति खो बैठता है।

भोग-विलास की तीव्र इच्छा रजोगुण बढ़ने का परिणाम है। आइए, एक उदाहरण से जानते हैं कि किस तरह यह इंसान को सकाम कर्म करने के लिए प्रवृत्त करती है। एक इंसान के मन में आलीशान फ्लैट खरीदने की इच्छा जागती है। फ्लैट की कीमत उसके बजेट से बहुत ज़्यादा होने के कारण वह मार्केट से भारी कर्ज उठाता है। अब कर्ज की बड़ी-बड़ी किश्तें चुकाना उसके लिए मुश्किल हो जाता है। इससे उबरने के लिए वह रिश्वतखोरी करता है तथा अन्य अनैतिक मार्गों का सहारा लेता है। फिर पकड़ा न जाए इसके लिए झूठ बोलता है। किसी तरह घर का पजेशन मिल जाने के बाद दूसरी कामना जागती है, घर का इंटीरियर करने की, महंगी कार खरीदने की, प्लॉट खरीदने की और यह सिलसिला खत्म ही नहीं होता। इस तरह विषय भोगों की लालसा के पीछे इंसान बेतहाशा दौड़ता चला जाता है।

13

श्लोक अनुवाद : तथा- हे अर्जुन! तमोगुण के बढ़ने पर (अन्तःकरण और इन्द्रियों में) अप्रकाश, कर्तव्य-कर्मों में अप्रवृत्ति और प्रमाद अर्थात् व्यर्थ चेष्टा और निद्रादि अन्तःकरण की मोहिनी वृत्तियाँ- ये सब ही उत्पन्न होते हैं ॥१३॥

गीतार्थ : प्रस्तुत श्लोक में तमोगुण के ऊपर उठने से क्या परिणाम होते हैं,

अध्याय १४ : १३

उनका वर्णन किया गया है। भगवान कृष्ण कहते हैं- हे अर्जुन, तमोगुण का सबसे पहला परिणाम है अप्रकाश फैलना अर्थात मन में अविवेक का छा जाना। वैसे तो हर इंसान में ज्ञान रूपी प्रकाश विद्यमान है ही लेकिन उसका अनुभव न होने का कारण है-अविवेक। अविवेक अर्थात बुद्धि की वह स्थिति, जिसमें इंसान कोई निर्णय ही नहीं ले पाता। फलतः उसे अच्छे-बुरे में भेद करना मुश्किल हो जाता है। दूसरा परिणाम है कर्तव्य कर्मों में अप्रवृत्ति अर्थात अपने कर्तव्यों से बचने या भागने की वृत्ति। सुस्ती के कारण तमोगुणी इंसान काम की टालमटोल करते हुए, आरामतलब जीवन गुज़ारता है। आराम में ही उसे सुख मिलता है। जीवन में किसी भी वस्तु को प्राप्त करने के लिए न वह कोई प्रयत्न करता है, न ही उसमें उत्साह होता है। वह हमेशा खुद को नाकाबिल ही समझता है।

तमोगुण के प्रबल होने से मनुष्य की सभी महत्वाकांक्षाएँ क्षीण हो जाती हैं। मात्र खाना और सोना ये ही उसके जीवन के प्रमुख कार्य रह जाते हैं। वह अत्यंत आलसी व सुस्त हो जाता है। अच्छे-बुरे दोनों तरह के कार्यों को करने में असमर्थ होकर धीरे-धीरे वह मोह की खाई में गिरता जाता है। प्रवृत्ति (क्रियाशील) से निवृत्ति (अक्रियाशील) इंसान को लापरवाह बनाती है। जब तक मन भीतर से निवृत्त न हो, बाहरी निवृत्ति का कोई अर्थ नहीं। बाहर से निवृत्त होने पर प्रमाद यानी आलस ही पैदा होता है।

अब तक आपने जाना कि सत्वगुण, रजोगुण और तमोगुण के बढ़ने पर क्या-क्या लक्षण प्रकट होते हैं। इन तीनों गुणों का अपना-अपना उपयोग है। रज व तम बुरे नहीं हैं लेकिन इनका कब, कितना व कैसे इस्तेमाल करना चाहिए, इसकी समझ होनी चाहिए। जिसने यह समझ लिया, वह इन गुणों को अपने लाभ के लिए इस्तेमाल करता है। वह गुणों का गुलाम नहीं बल्कि मालिक बनता है।

जैसे यदि आप ध्यान करना चाहते हो तो ऐसे समय सत्वगुण बढ़ाने की ज़रूरत है। ध्यान के समय यदि सुस्ती आए तो कुछ समय के लिए गहरी साँसें लो या उठकर दौड़ लगा लो या ए.सी., पंखा बंद कर दो। ऐसा कर आप रज व तम को दबाकर सत्व को उठाते हैं। दिन में जब आपको सक्रिय रहना है तब सत्व व तम को दबाकर रजोगुण को बढ़ाना है। नींद, शरीर व मन को आराम देती है। नींद में शरीर की कोशिकाएँ स्वास्थ्य प्राप्त करती हैं। यहाँ तक कि यदि शरीर में कोई रोग भी हो तो नींद में उसकी हीलिंग होती है। जब नींद का समय हो तब सत व रज को दबाकर तमोगुण को उठाना चाहिए।

● मनन प्रश्न :

१. दिनभर की घटनाओं में जाग्रत रहकर देखें कि कब कौन सा गुण उठ रहा है और कौन सा गिर रहा है।

२. मनन हो कि जब आपके शरीर में गलत समय पर रज या तम ऊपर उठे हों तो उन्हें आप कैसे कम करेंगे?

भाग ४
त्रिगुण और मृत्यु
।। १४-१५ ।।

अध्याय १४

यदा सत्त्वे प्रवृद्धे तु प्रलयं याति देहभृत् । तदोत्तमविदां लोकानमलान्प्रतिपद्यते ॥१४॥
रजसि प्रलयं गत्वा कर्मसङ्गिषु जायते । तथा प्रलीनस्तमसि मूढयोनिषु जायते ॥१५॥

14-15

श्लोक अनुवाद : और हे अर्जुन!– जब यह मनुष्य सत्वगुण की वृद्धि में मृत्यु को प्राप्त होता है तब तो उत्तम कर्म करनेवालों के निर्मल दिव्य स्वर्गादि लोकों को प्राप्त होता है।।१४।।

और– रजोगुण के बढ़ने पर मृत्यु को प्राप्त होकर कर्मों की आसक्तिवाले मनुष्यों में उत्पन्न होता है; तथा तमोगुण के बढ़ने पर मरा हुआ मनुष्य (कीट, पशु आदि) मूढ़ योनियों में उत्पन्न होता है।।१५।।

गीतार्थ : इन श्लोकों में श्रीकृष्ण अर्जुन को यह महत्वपूर्ण बात समझा रहे हैं कि रजोगुण, तमोगुण व सतोगुण के उत्कर्ष की अवस्था में यदि मनुष्य देह त्याग दे तो आगे उनका क्या होता है।

सत्वगुण की अधिकतावाले मनुष्य प्रकाशमय, शुद्ध, सात्विक वृत्ति के होते हैं, ऐसे समय देह त्यागने से वे आगे देवलोक में प्रवेश करते हैं। अर्थात ऐसे संघ से जुड़ते हैं, जो विकारों से रहित है, जहाँ ज्ञान का प्रकाश है तथा जो सबके मंगल में रुचि रखते हैं। सत्वगुण की अधिकता का अर्थ है जहाँ जीवनभर स्वीकार, समर्पण व समभाव का अभ्यास हुआ हो तभी वह अंतकाल तक कायम रह सकता है। कई बार मृत्यु से पहले शरीर रोगग्रस्त हो जाता है। ऐसे समय शरीर में वेदना होते हुए भी मन यदि गुणातीत अवस्था में हो तो मृत्यु उपरांत वह इन तीनों गुणों के बंधन से मुक्त होकर उच्च चेतना के स्तर पर पहुँचता है।

रजोगुण की प्रधानता में मनुष्य की मृत्यु हो तो वह ऐसे संघ से जुड़ता है, जहाँ कर्म को प्रधानता दी जाती है। जिसके मन में शरीर छूटते समय भी नए कर्म करने की योजना बन रही हो, वह नए कर्मों की ओर दौड़ रहा है। शरीर छूट जाने से उसकी यह दौड़ छूटती नहीं बल्कि वह इसी दौड़ को मन में लिए फिर से चोला बदलता है। मात्र अंदर की सोच वही रहती है।

मृत्यु समयी तमोगुण की प्रधानता हो तो ऐसे मनुष्य असुरी योनियों में पैदा होते हैं। असुरी योनी अर्थात मंद बुद्धिवाले, आलसी और प्रमादी स्वभाव के लोग,

जहाँ बोध की संभावना नहीं होती। जिसका जीवन जड़ता और अंधकार से घिरा रहता है, वह मरते समय और गहरी बेहोशी में चला जाता है क्योंकि जीवनभर जिसे निमंत्रण दिया है, मरते समय वही आता है।

श्रीकृष्ण का अर्जुन को ये सब बताने का उद्देश्य यही है कि वह गुणातीत अवस्था की ओर बढ़ने के लिए प्रवृत्त हो। गुणातीत अवस्था वह अवस्था है, जो इन तीनों गुणों से अप्रभावित है। जहाँ से तीनों गुणों को देखा जा सकता है।

● मनन प्रश्न :

१. आपने यहाँ समझा कि अलग-अलग गुणों की अधिकता के समय शरीर की मृत्यु होने पर इंसान चेतना के भिन्न-भिन्न स्तरों पर जाता है। मनन हो कि आप स्वयं के लिए क्या चाहते हैं?

भाग ५

तीन गुणों का फल और गति

।। १६-१८ ।।

अध्याय १४

कर्मण: सुकृतस्याहु: सात्त्विकं निर्मलं फलम्। रजसस्तु फलं दु:खमज्ञानं तमस: फलम् ।।१६।।
सत्त्वात्सञ्जायते ज्ञानं रजसो लोभ एव च । प्रमादमोहौ तमसो भवतोऽज्ञानमेव च ।।१७।।
ऊर्ध्वं गच्छन्ति सत्त्वस्था मध्ये तिष्ठन्ति राजसा: । जघन्यगुणवृत्तिस्था अधो गच्छन्ति तामसा: ।।१८।।

16

श्लोक अनुवाद : क्योंकि- श्रेष्ठ कर्म का (तो) सात्विक अर्थात् सुख, ज्ञान और वैराग्यादि निर्मल फल कहा है; किंतु राजस कर्म का फल दुःख (एवं) तामस कर्म का फल अज्ञान (कहा है)।।१६।।

गीतार्थ : यहाँ भगवान श्रीकृष्ण अर्जुन को बताते हैं कि सात्विक, राजसिक व तामसिक कर्मों का क्या फल मिलता है। अर्जुन को गुणातीत अवस्था के प्रति आकर्षित करने के लिए वे उसे ये सब ज्ञान दे रहे हैं। वे कहते हैं- अच्छे, शुभ कर्मों का सात्विक यानी उच्च कोटि का निर्मल फल मिलता है। राजसिक कर्म का फल दुःख है और तामसिक कर्म का फल अज्ञान है।

इस कथन के पीछे का सत्य यह है कि कर्म सात्विक, राजसिक या तामसिक नहीं होते बल्कि उनका कर्ता सात्विक, राजसिक या तामसिक होता है। कर्म करनेवाले के मन में जैसे भाव होते हैं, वह कर्म वैसा ही बन जाता है। जैसे दो लोग दान कर्म कर रहे हैं। एक इस भाव से कर रहा है कि 'मैं यह कार्य कर रहा हूँ, इससे मेरा नाम होगा, लोग मेरी उदारता की प्रशंसा करेंगे' और दूसरा अकर्ता होकर लोक मंगल की भावना से दान कर रहा है, इस समझ के साथ कि 'मुझसे दान कर्म करवाया जा रहा है।' पहला दान कर्म राजसिक है क्योंकि रजोगुण के चलते किया गया है, वही दूसरा दान सात्विक है क्योंकि वह सत्वगुण से उपजा है।

सात्विक कर्मों का फल निर्मल होता है। निर्मल का अर्थ है, मन से विकारों का मैल निकल जाना। चित्त के निर्मल होने से सुख, शांति एवं वैराग्य भाव प्रबल होते हैं। फिर सभी कर्म ज्ञान के प्रकाश में किए जाते हैं। जहाँ ज्ञान होगा, वहाँ विवेक स्वतः ही जागृत होगा और विवेक के जगने से इंसान भावनाओं में बहकर कार्य नहीं करेगा।

राजसिक कर्मों का फल दुःख के रूप में मिलता है। जो जीवनभर भौतिक सुखों के पीछे दौड़ा हो, स्वाभाविक है कि अंत में उसे दुःख ही मिलेगा। आपने

कहानियों में पढ़ा होगा कि मरते वक्त सिकंदर अपनी खाली मुट्ठी देखकर रो पड़ा कि 'मैं जैसा खाली हाथ इस दुनिया में आया था, वैसा ही खाली हाथ वापस जा रहा हूँ। जीवनभर मैं सुख बटोरता रहा लेकिन अंत में असंतोष की भावना लिए ही जा रहा हूँ। यह बात सभी को मालूम पड़नी चाहिए।'

सुख की कामना का कोई अंत नहीं है। एक पूरी होती नहीं कि चार और मुँह उठाकर चली आती हैं। इसलिए कारणों के पीछे सुख ढूँढ़नेवाला अंत में दुःखी ही मरता है।

आगे श्रीकृष्ण कहते हैं- तामसिक कर्मों का फल अज्ञान के रूप में है। शरीर में सुस्ती और प्रमाद के रहते इंसान करने योग्य कामों को टालता रहता है। जैसे इंसान को कभी शारीरिक स्वास्थ्य प्राप्त करने की कोई जानकारी मिली, किसी आध्यात्मिक शिविर के बारे में खबर मिली, किसी परीक्षा में अपियर होने के लिए कोई मार्गदर्शन मिला लेकिन तमोगुण के कारण हर मदत को वह ठुकरा देता है। ऐसे में केवल अज्ञान ही उसके साथ शेष रहता है। ज्ञान प्राप्त करने के अवसरों को वह खो देता है। यह आदत आध्यात्मिक प्रगति में भी बाधक है।

इन सूत्रों के माध्यम से बताया जा रहा है कि सत्य हमारी आँखों के सामने है लेकिन हम उसे देखने से मना कर देते हैं। सच तो यह है कि कर्म करने के लिए तो हम स्वतंत्र हैं लेकिन उसके परिणाम चुनने में परतंत्र हैं। जिसने जैसे कार्य किए हैं, उसके अनुरूप परिणाम मिलने की कुदरत ने व्यवस्था कर रखी है। ज्ञान और प्रकाश की शरण में ही गुणातीत अवस्था है, यही शाश्वत नियम है।

17

श्लोक अनुवाद : तथा– सत्वगुण से ज्ञान उत्पन्न होता है और रजोगुण से निःसन्देह लोभ तथा तमोगुण से प्रमाद और मोह उत्पन्न होते हैं (और) अज्ञान भी (होता है)।।१७।।

गीतार्थ : तीनों गुणों के बारे में श्रीकृष्ण ने अर्जुन को अब तक जो भी ज्ञान दिया है, उसे संक्षेप में फिर से दोहराते हुए वे कहते हैं सत्वगुण से ज्ञान, रजोगुण से लोभ व तमोगुण से मोह और प्रमाद उत्पन्न होते हैं।

जो कर्म निरासक्त भाव से किया जाता है, जहाँ कर्तापन का अधिकार भाव नहीं होता, वहीं पर सत्वगुण खुलता है। जैसे कोई भी फूल यह सोचकर नहीं खिलता कि 'कोई मेरी प्रशंसा करे', सूरज यह सोचकर रोशनी नहीं देता कि 'सब मुझे धन्यवाद दें', बादल यह सोचकर नहीं बरसते कि 'मैं लोगों की प्यास बुझाऊँगा तो लोग मुझे पूजेंगे।' उनका होना ही उनके अस्तित्व का सबूत है। इसी तरह सात्विक कर्म भी अहंकार की पुष्टि के लिए नहीं किया जाता, वह तो बस सात्विक भाव की अभिव्यक्ति है। सात्विक भाव के अभाव में रज व तम पलते हैं।

अब तक आपने समझा कि मनुष्य देह रज, तम व सत्व गुणों से नियंत्रित होती है। इन तीनों गुणों के अपने-अपने प्रभाव हैं। अपने-अपने गुण-दोष हैं। तीनों ही गुण आपको बंधन में बाँधते हैं। अतः आपका लक्ष्य हो, तीनों के पार गुणातीत अवस्था को प्राप्त करना।

सत्वगुण रेशम के धागे से बँधा हुआ है। रेशम का धागा ढील देते रहता है। इसलिए सत्वगुणी इंसान हलका-फुलका तो महसूस करता है लेकिन एक नाजूक बंधन उसे भी बाँधे रखता है। सारे शुभ कार्य करने के बावजूद कर्तापन का सूक्ष्म एहसास उसे बंधन में बाँध सकता है।

अध्याय १४ : १७

रजोगुण मांजे से बँधा हुआ है। चंचलता के कारण यह गुण, कर्म करने का संतोष तो देता है लेकिन कर्म की गुणवत्ता उसके बंधन को निर्धारित करती है। निष्काम कर्म बंधन को खोलता है तो सकाम कर्म बंधन को कसता है। इस तरह रजोगुण इंसान को ढील तो देते रहता है मगर इसकी पकड़ मज़बूत है।

तमोगुण रस्से के नीचे है। उसको तो बाँधने की भी ज़रूरत नहीं है। तमोगुणी इंसान को लगता है, 'मेरे ऊपर रस्सा पड़ा हुआ है, मैं बँधा हुआ हूँ।' वास्तव में वह बँधा हुआ नहीं है। वह इसी भ्रम में जीता है कि 'मैं तो कुछ नहीं कर सकता।'

इन तीनों गुणों ने सबको काम पर लगाया हुआ है। कुछ साधक यह जान जाते हैं लेकिन अधिकतर लोगों को ये गुण भटकाते हैं। विशेषकर सत्वगुणी को पता ही नहीं चलता क्योंकि वह अपने कर्तृत्व के अभिमान में गड़ा रहता है। उसे जाग्रत होने की ज़रूरत है।

अतः आपको तीन तरह से अपने लक्ष्य को निर्धारित करना है।

१. आपका कम से कम लक्ष्य हो तम से मुक्ति। आपके जीवन में जो तम फैला हुआ है, वह कम हो जाए। सुस्ती से आप मुक्त हो जाएँ।

२. आपका मध्यम लक्ष्य हो सत्वगुण से युक्ति। रजोगुण और तमोगुण को दबाकर सत्वगुण को ऊपर उठाएँ।

३. आपका उच्चतम लक्ष्य हो गुणातीत होने का। स्वयं को तीनों गुणों के प्रभाव से मुक्त कर, तीनों गुणों को ज़रूरत के अनुसार काम पर लगाएँ।

सुस्ती भगाने के लक्ष्य को पूरा करने के लिए जानबूझकर शरीर से काम करवाएँ। हर कार्य को नियमित समय पर पूर्ण करने की आदत डालें। जीवन को अनुशासित करें।

उन्हीं क्रियाओं में तमोगुण से काम लिया जाए, जहाँ उसका कोई रोल है। तमोगुण का काम है आपको ध्यान में बिठाना, आपको गहरी नींद करवाना। जैसे खाने में नमक उतना ही डाला जाता है, जितना ज़रूरी हो। ज़्यादा नमक स्वास्थ्य के लिए हानिकारक होता है। वैसे ही तमोगुण भी उतना ही हो, जितना ज़रूरी है।

अकसर देखा जाता है कि सत्वगुणी मनुष्य ज्ञान की बातें तो बहुत करता है, हर सवाल का उसके पास बौद्धिक जवाब होता है लेकिन प्रॅक्टिकल में वह कच्चा होता है। ज्ञान की बातें बुरी नहीं हैं मगर कुछ लोग सिर्फ चर्चा ही करते रहते हैं, ध्यान करने की तरफ उनका ध्यान ही नहीं रहता। इसका अर्थ है सत्वगुण ने उन्हें काम पर लगाया है। कुछ समय यदि वे खुद को ध्यान में बिठाते तो सत्वगुण से ऊपर उठ पाते। सत्वगुण का लक्ष्य रखें मगर यह उच्चतम लक्ष्य नहीं है, इसके पार गुणातीत अवस्था में जाना है।

18

श्लोक अनुवाद : इसलिए– सत्वगुण में स्थित पुरुष स्वर्गादि उच्च लोकों को जाते हैं; (रजोगुण में स्थित) राजस पुरुष मध्य में अर्थात् मनुष्य लोक में (ही) रहते हैं (और) तमोगुण के कार्यरूप निद्रा, प्रमाद और आलस्यादि में स्थित तामस पुरुष अधोगति को अर्थात् कीट, पशु आदि नीच योनियों को तथा नरकों को प्राप्त होते हैं।।१८।।

गीतार्थ : रज, तम, सत इन तीनों गुणों के स्वरूप, कार्य, ज्ञान आदि का वर्णन करने के पश्चात इस श्लोक में श्रीकृष्ण अर्जुन से तीनों गुणों की गति का खुलासा करते हैं ताकि अर्जुन अपनी निराशा (रज व तम) से बाहर आकर सत्वगुण को प्रधानता दे।

आइए, जानते हैं कि इन गुणों में स्थित मनुष्य की गति किस

अध्याय १४ : १८

तरह एक-दूसरे से भिन्न होती है। जो लोग सभी के प्रति करुणा रखते हैं, सात्विक आचरण में विश्वास रखते हुए शुभ कर्म करते हैं, वे मनुष्य उच्च लोकों अर्थात स्वर्ग (देवलोक) में रहने के अधिकारी बनते हैं। रजोगुण में स्थित मनुष्य, मनुष्य लोक में ही रहते हैं क्योंकि उनके मन की महत्वाकांक्षाएँ उन्हें यहीं दौड़ाती हैं। इसी तरह तमोगुण में स्थित मनुष्य, संकुचित मानसिकता रखनेवाले अधम योनियों जैसे कीड़े, पशु-पक्षी आदि को प्राप्त होते हैं। यह ध्यान रहे कि ये तीनों स्थितियाँ मन की हैं। स्वर्ग व नरक कोई भौगोलिक स्थान नहीं है बल्कि मनुष्य के अंतःकरण की स्थितियाँ हैं। ज़ाहिर है कि अंतःकरण की ये स्थितियाँ उन कर्मों के आधार पर होती हैं, जिन्हें इंसान वर्तमान में करता है।

देवता या असुर होना मनुष्य के वंश नहीं बल्कि उसकी मनःस्थिति के आधार पर निश्चित होता है। बलि राजा और भक्त प्रल्हाद राक्षस कुल के होते हुए भी देवता कहलाए, जबकि रावण ऋषिकुल में पैदा होकर भी राक्षस कहलाया। यह निर्धारण मनुष्य के अंतःकरण की उदारता पर निर्भर करता है। जिसके अंतःकरण में दया, करुणा और दान का भाव है, वह देवता है और जिसके अंतःकरण में ओछापन है, वह असुर है। अतः अपनी मनोभूमिका को विकसित करके मनुष्य उच्च चेतना की ओर गति कर सकता है।

मनुष्य के विकास के सोपान की तीन अवस्थाएँ हैं। निम्न चेतना, मध्यम चेतना और उच्च चेतना। यहाँ विकास को नापने का मापदंड है, संसार में रहते हुए मनुष्य द्वारा अनुभव की गई प्रेम, आनंद और मौन की मात्रा। इस दृष्टि से पत्थर का विकास शून्य माना जाएगा। पेड़-पौधे, पशु-पक्षी, मनुष्य-देवता इन्हें चेतना का चढ़ता क्रम कहा जा सकता है।

उदाहरण के तौर पर एक इमारत है। उसके टैरेस पर पहुँचना आपका लक्ष्य है। टैरेस पर पहुँचने के लिए जो सीढ़ियाँ हैं, वे दो भागों में

अध्याय १४ : १८

विभाजित हैं। पहले भाग में कुछ सीढ़ियाँ चढ़ने के बाद एक चौकोर प्लेन जगह आती है। वहाँ से घूमकर फिर आगे की सीढ़ियाँ चढ़नी पड़ती हैं। जो लोग नीचे खड़े हैं, वे विकास के निम्न स्तर पर हैं। जो मध्य स्थान पर हैं, वे विकास की उच्चतर स्थिति में हैं। सीढ़ी के दूसरे विभाग में जो चढ़कर ऊपर जा रहे हैं, वे उच्चतम अवस्था में हैं। इन तीनों में से कोई भी अभी टैरेस पर नहीं पहुँचा है। मध्य में स्थित मनुष्य को ऊपर या नीचे जाने की खुली छूट है।

इस उपमा से आपको समझ में आया होगा कि चेतना के तीन स्तर किस तरह से विभाजित किए गए हैं। अब चुनाव आपका है कि आपको कहाँ जाना है। उसी के अनुरूप आपको अपने भीतर सत, रज या तम को बढ़ावा देना होगा।

अध्याय १४ : १८

● मनन प्रश्न :

१. निश्चित करें कि आपको अपने भीतर किस गुण का उत्कर्ष करना है?

२. सुस्ती से मुक्ति के लिए रोज़ अठारह काम करें। कोई छोटा तो कोई बड़ा। इससे आपकी सुस्ती भागेगी। फिर यही अठारह काम बिना कामना के करें ताकि आप रजोगुणी से उठकर सत्वगुणी पर जा पाएँ। फिर ये ही अठारह काम समभाव के साथ, स्वभाव में रहते हुए करें। इससे आपका गुणातीत अवस्था तक पहुँचने का अभ्यास भी होगा।

भाग ६
गुणातीत की महिमा और लक्षण
|| १९-२७ ||

अध्याय १४

नान्यं गुणेभ्यः कर्तारं यदा द्रष्टानुपश्यति । गुणेभ्यश्च परं वेत्ति मद्भावं सोऽधिगच्छति।।१९ ।।

गुणानेतानतीत्य त्रीन्देही देहसमुद्भवान्। जन्ममृत्युजरादुःखैर्विमुक्तोऽमृतमश्नुते ।।२०।।

कैर्लिङ्गैस्त्रीन्गुणानेतानतीतो भवति प्रभो । किमाचारः कथं चैतांस्त्रीन्गुणानतिवर्तते।।२१ ।।

प्रकाशं च प्रवृत्तिं च मोहमेव च पाण्डव । न द्वेष्टि सम्प्रवृत्तानि न निवृत्तानि काङ्क्षति।।२२ ।।

उदासीनवदासीनो गुणैर्यो न विचाल्यते । गुणा वर्तन्त इत्येव योऽवतिष्ठति नेङ्गते।।२३ ।।

समदुःखसुखः स्वस्थः समलोष्टाश्मकाञ्चनः । तुल्यप्रियाप्रियो धीरस्तुल्यनिन्दात्मसंस्तुतिः।।२४ ।।

मानापमानयोस्तुल्यस्तुल्यो मित्रारिपक्षयोः । सर्वारम्भपरित्यागी गुणातीतः सा उच्यते ।।२५ ।।

मां च योऽव्यभिचारेण भक्तियोगेन सेवते । स गुणान्समतीत्येतान्ब्रह्मभूयाय कल्पते ।।२६ ।।

ब्रह्मणो हि प्रतिष्ठाहममृतस्याव्ययस्य च । शाश्वतस्य च धर्मस्य सुखस्यैकान्तिकस्य च ।।२७ ।।

19

श्लोक अनुवाद : और हे अर्जुन!– जिस समय दृष्टा तीनों गुणों के अतिरिक्त अन्य किसी को कर्ता नहीं देखता और तीनों गुणों से अत्यन्त परे सच्चिदानन्दघनस्वरूप मुझ परमात्मा को तत्व से जानता है, (उस समय) वह मेरे स्वरूप को प्राप्त होता है।।१९।।

गीतार्थ : मनुष्य की अज्ञान अवस्था से उसकी विलक्षण अवस्था का वर्णन इस श्लोक में किया गया है। अज्ञान में मनुष्य स्वयं को शरीर समझकर कर्ता व भोक्ता बना रहता है। खुद को कर्म व उसके फल के प्रति उत्तरदायी समझता है। परंतु ज्ञानयुक्त विवेक प्राप्त कर वह स्वयं को द्रष्टा करके जानने लगता है।

वह समझ जाता है कि गुणों के अतिरिक्त अन्य कोई कर्ता है ही नहीं। सभी क्रियाएँ गुणों से ही संचालित हो रही हैं। क्रियाओं में जो कुछ परिवर्तन हो रहे हैं, वे गुणों के कारण ही हैं। ये गुण जिस तत्व से प्रकाशित होते हैं, वह गुणों के परे है। इसलिए वह कभी गुणों में लिप्त नहीं होता। इन तीन गुणों का उस पर कोई प्रभाव नहीं पड़ता क्योंकि वह जान जाता है कि गुण परिवर्तनशील हैं और स्वयं में तो कभी परिवर्तन नहीं होता।

आगे श्रीकृष्ण कहते हैं, जो साधक यह जान लेता है कि गुणों के साथ उसका संबंध न कभी था, न है और न होगा, वह मेरे स्वरूप को प्राप्त होता है। पहले अज्ञानवश वह गुणों से अपना संबंध मानता था, फिर वह मान्यता मिट जाती है।

जैसे जब तक यात्री ट्रेन में बैठा होता है तब तक ट्रेन की गति उसकी अपनी गति होती है। परंतु जैसे ही वह स्टेशन पर उतरता है, वह स्थिर हो जाता है। हालाँकि ट्रेन गतिमान होती है। इसी तरह जब तक इंसान शरीर व उससे जुड़े लेबल्स को मैं मानकर जीता है तब तक वह विकारों से उत्पन्न दुःखों को अपना दुःख मान बैठता है। जैसे ही वह अपने मूल स्वरूप को पहचान लेता है अर्थात वह स्टेशन पर उतर जाता है। वे दुःख और बंधन वहीं रहते हुए भी, उसके नहीं रह जाते। जीवन की ट्रेन वैसे ही चलती रहती है, मन के खेल चलते हैं लेकिन अब वे ऑब्जेक्ट मात्र

अध्याय १४ : २०

बन जाते हैं। यही गुणातीत अवस्था है।

जहाँ गुणातीत अवस्था प्रकट हुई है, उसके शरीर में ये तीनों गुण- तम, रज और सत कार्यरत होते हैं मगर वह क्षेत्रज्ञ अवस्था से सब देख रहा होता है...।

वह देखता है कि अभी सत्वगुण ऊपर आया है... कुछ समय के बाद देखता है, सत्वगुण जा रहा है...। सत्वगुण आता है तो वह खुश नहीं होता, उछलता-कूदता नहीं है कि मेरे अंदर सत्वगुण आ गया... और सत्वगुण जाता है तो वह दुःख नहीं मनाता कि यह क्यों जा रहा है... कब वापस आएगा...? जाने के बाद यदि जल्दी वापस नहीं आए तो क्रोध नहीं करता कि यह आ क्यों नहीं रहा...। वह तीनों संभावनाओं को देख रहा है। सत्वगुण आया है... सत्वगुण जा रहा है... सत्वगुण वापस आने में देरी कर रहा है...।

जब तम और रज अर्थात अज्ञान ऊपर उठता है तो वह जानता है कि यह मिटने के लिए ऊपर उठा है। ऐसे में वह न तो खुशी से पागल होता है, न ही दुःख के गीत गाता है। वह जानता है कि ये गुण उठेंगे... वापस लौटेंगे... हो सकता है वापस लौटने में देरी करेंगे...। इसके लिए वह न कोई राग-द्वेष पालता है, न इंतज़ार में आँखें बिछाता है... न दुःखी होता है। बस समता के साथ सारा खेल देखता है। यही है गुणातीत अवस्था।

श्रीकृष्ण कहते हैं, ऐसा विवेकी मनुष्य मेरे स्वरूप को प्राप्त होता है।

20

श्लोक अनुवाद : तथा यह- पुरुष शरीर की उत्पत्ति के कारणरूप इन तीनों गुणों को उल्लंघन करके जन्म, मृत्यु, वृद्धावस्था और सब प्रकार के दुःखों से मुक्त हुआ परमानन्द को प्राप्त होता है।।२०।।

अध्याय १४ : २०

गीतार्थ : यहाँ श्रीकृष्ण अर्जुन को उपदेश देते हैं कि मनुष्य शरीर की उत्पत्ति का निमित्त ये तीन गुण ही हैं। इन तीन गुणों को लांघकर ही मनुष्य जन्म, मृत्यु, बुढ़ापा और बीमारी के कष्टों से मुक्त हो सकता है।

कड़कती धूप में खड़े इंसान को सूर्य की गरमी और ताप सहना पड़ता है और कड़ाके की ठंढ में घर में इंसान को ठिठुरना पड़ता है। यदि ये दोनों अपना स्थान बदल लें अर्थात धूप में खड़ा इंसान घर की छाँव में खड़ा हो जाए और ठंढ में ठिठुरनेवाला धूप में खड़ा हो जाए तो वे अपने-अपने कष्टों से मुक्त हो जाएँगे।

इसी तरह इंसान भी उसके जीवन को चलानेवाले तीन गुणों के साथ तादात्म्य करके बंधन व दुःखों को भोगता है। यदि इंसान अपनी जगह बदल ले अर्थात तीन गुणों से तादात्म्य छोड़कर, अपने स्वरूप की ओर शिफ्ट हो जाए तो वह सारे सांसारिक दुःखों से मुक्त हो सकता है। क्योंकि इस गुणातीत अवस्था में इन सारे कष्टों का कोई अस्तित्व नहीं है।

यह सारी सृष्टि माया और मायापति का खेल है। माया शक्ति है और मायापति है उसका मालिक। माया शक्ति में ये तीन गुण बीज रूप में रहते हैं। इन तीन गुणों के मिश्रण से ब्रह्माण्ड के सारे पदार्थ पैदा होते हैं। मन, बुद्धि, अहंकार, पाँच ज्ञानेंद्रियाँ, पाँच कर्मेंद्रियाँ, पंचमहाभूत, पाँच इंद्रियों के विषय इस प्रकार २३ तत्वों से बना स्थूल शरीर प्रकृति से उत्पन्न होनेवाले इन तीन गुणों के मिश्रण से ही बना है।

अतः इन तीन गुणों के गुण व अवगुण जानकर सत्वगुण को ऊपर उठाकर ही इन गुणों का उल्लंघन किया जा सकता है। ऐसा कर पाने के बाद ही तीनों गुणों से पृथक होने का अनुभव हो सकता है। पृथकता का यह अनुभव जन्म, मृत्यु, वृद्धावस्था, रोगादि के दुःख से इंसान को मुक्त करता है। यह अनुभव ही मोक्ष है। मोक्ष कोई प्राप्त करने की वस्तु नहीं है, यह पहले से ही प्राप्त है।

हम जब यह अनुभव कर रहे हैं कि हम जो बचपन में थे, वही हम अभी हैं तो ज़ाहिर है कि मृत्यु तक भी हम ही रहेंगे। यही नहीं शरीर छोड़कर हम ही जाएँगे तो हमें किसने बाँधा है? हम सदा मुक्त ही हैं। सिर्फ बंधन की कल्पना छूटनी चाहिए। बस इतना ही करना है।

गुणातीत मनुष्य दुःखों से मुक्त होकर परमानन्द को प्राप्त होता है, ऐसा सुनकर अर्जुन के मन में गुणातीत मनुष्य के लक्षण जानने की जिज्ञासा हुई। अतः वह आगे के श्लोकों में भगवान से प्रश्न करता है।

21

श्लोक अनुवाद : अर्जुन पूछता है कि हे पुरुषोत्तम!– इन तीनों गुणों से अतीत पुरुष किन-किन लक्षणों से (युक्त) होता है और किस प्रकार के आचरणोंवाला होता है; (तथा) हे प्रभो! (मनुष्य) किस उपाय से इन तीनों गुणों से अतीत होता है।।२१।।

गीतार्थ : भगवान श्रीकृष्ण से गुणातीत अवस्था प्राप्त करने का उपदेश सुनकर यहाँ अर्जुन श्रीकृष्ण से सवाल पूछता है– हे पुरुषोत्तम, मैं यह जानना चाहता हूँ कि जो मनुष्य तीनों गुणों का उल्लंघन कर चुका है, ऐसे मनुष्य के क्या लक्षण होते हैं? गुणातीत मनुष्य की चेतना के स्तर में ऐसी कौन सी विशेष बात दिखाई देती है, जिससे यह पता चल सके कि वह गुणातीत है? गुणातीत मनुष्य का आचरण कैसा होता है? क्या उसकी दिनचर्या साधारण मनुष्य की तरह होती है? उसका खान-पान, रहन-सहन, उठना-बैठना किस तरह साधारण मनुष्य से भिन्न होता है? इन तीन गुणों का अतिक्रमण करने का क्या उपाय है? अर्थात किन उपायों को करने से मनुष्य गुणातीत हो सकता है?

22

श्लोक अनुवाद : श्रीकृष्णभगवान् बोले– हे अर्जुन! (जो पुरुष) सत्वगुण के कार्यरूप प्रकाश को और रजोगुण के कार्यरूप प्रवृत्ति को तथा तमोगुण के कार्यरूप मोह को भी न (तो) प्रवृत्त होने पर (उनसे) द्वेष करता है और न निवृत्त होने पर (उनकी) आकांक्षा करता है – ॥२२॥

गीतार्थ : पिछले श्लोक में पूछे गए प्रश्नों के उत्तर में भगवान श्रीकृष्ण सबसे पहले त्रिगुणातीत मनुष्य के लक्षण बताते हुए कहते हैं कि हे पाण्डव, त्रिगुणातीत मनुष्य प्रकाश (ज्ञान), प्रवृत्ति (कार्य की प्रेरणा) और मोह के उत्पन्न होने पर भी उनका द्वेष नहीं करता तथा उनके निवृत्त (खत्म) होने पर भी उनकी आकांक्षा नहीं करता। आइए, इसे गहराई से समझते हैं।

सत, रज व तम इन तीन गुणों के प्रभाव से प्रकट होते हैं– प्रकाश, प्रवृत्ति तथा मोह। जब सत्वगुण ऊपर उठता है तो मनुष्य में लोक कल्याण की भावना जागृत होती है। फलतः उसमें दान, दया, क्षमा, प्रेम आदि भाव प्रखर हो जाते हैं। वह सुख व शांति का अनुभव करता है। धीरे–धीरे इस सुख से वह प्रीति रखने लगता है। यदि मन में सत्वगुण कम हो जाए तो वह उसे वापस पाने के लिए बेचैन हो जाता है। अतः सत्वगुण के प्राप्त होने पर जो हवा में न उड़े और सत्वगुण के चले जाने पर जो ज़मीन पर न गिरे, वह है गुणातीत अवस्था।

मनुष्य के शरीर में रजोगुण के बढ़ने पर कर्म के अंकुर फूटने लगते हैं। शरीर चुस्त–दुरुस्त होकर कई कर्मों में संलग्न हो जाता है। खेल, विज्ञान, गायन, चित्रकला आदि क्षेत्रों में वह कई रेकॉर्डस् बनाता है, अनेक ट्रॉफियाँ जीतता है। फिर वह इन पुरस्कारों का आदी हो जाता है। इनके मिलने पर उत्साही और न मिलने पर निरुत्साही होता है। जब मनुष्य को अपनी उपलब्धियों का अभिमान नहीं होता अथवा कर्मों के निष्फल हो जाने पर

कोई दुःख नहीं होता बल्कि उसे यह भान होता है कि उसके शरीर में रजोगुण की अधिकता ही उससे सारे कर्म करवा रही है तब समझना चाहिए कि वहाँ गुणातीत अवस्था कार्यरत है।

इसी तरह तमोगुण की अधिकता में इंसान का शरीर आलस्य व सुस्ती से भर जाता है। उससे कोई भी काम ठीक से नहीं होता। फलतः वह क्रोध, ईर्ष्या चिड़चिड़ापन आदि विकारों से ग्रस्त हो जाता है। वह स्वयं अपनी यह अवस्था पसंद नहीं करता, उससे द्वेष करता है। वह इंतज़ार करता है कि 'कब मेरे भीतर चुस्ती-फुर्ती आएगी और मैं कर्म करने के लिए तत्पर होऊँगा!' अब वह रजोगुण के ऊपर उठने का इंतज़ार करता है। तमोगुण की वृद्धि होने पर भी जब इंसान मोह के फेर में नहीं पड़ता, मन में ज्ञान के अभाव का खेद नहीं करता तब समझिए कि वह इंसान गुणातीत अवस्था में स्थिर है।

गुणातीत अवस्था मनुष्य की सुख-शांति इन गुणों की प्रवृत्ति या निवृत्ति पर निर्भर नहीं करती। किसी करोड़पति इंसान को हज़ार रुपए का नोट मिलने या न मिलने से कोई अंतर नहीं पड़ता। हाँ, हो सकता है कि वह झुककर हज़ार का नोट उठा ले। लेकिन उसे खुशी का अतिरेक नहीं होता। जबकि किसी गरीब इंसान के साथ यह होगा तो वह खुशी से पागल हो उठेगा।

ठीक इसी तरह सुख और दुःख को साक्षी भाव से देखने का अभ्यास करनेवाला छोटी-छोटी घटनाओं में विचलित नहीं होता क्योंकि वह साक्षीत्व का धनी है। उसने लंबे समय से तटस्थ रहने का अभ्यास किया है। लेकिन जो मन की चंचलता का धनी है, वह सुख व दुःख की लहरों पर हिंदोले खाता फिरता है। अतः सुख-दुःख के साथ तादात्म्य को त्यागकर, स्वअनुभव में रमा जोगी ही त्रिगुणातीत या मुक्त कहलाता है।

अध्याय १४ : २३

23

श्लोक अनुवाद : तथा– जो साक्षी के सदृश स्थित हुआ गुणों के द्वारा विचलित नहीं किया जा सकता (और) गुण ही (गुणों में) बरतते हैं– ऐसा (समझता हुआ) जो (परमात्मा में एकीभाव से) स्थित रहता है (एवं) उस स्थिति से कभी विचलित नहीं होता– ।।२३।।

गीतार्थ : श्रीकृष्ण गुणातीत मनुष्य के लक्षण और आचरण का वर्णन करते हुए आगे कहते हैं– त्रिगुणातीत मनुष्य उदासीन होता है। साधारणतः उदासीन को इस अर्थ में लिया जाता है कि जो अलग–थलग रहता है, किसी से मेल–जोल नहीं रखता, सात्विक कर्म भी नहीं करता केवल निष्क्रिय होता है। लेकिन यहाँ श्रीकृष्ण उदासीन का अर्थ कुछ अलग बता रहे हैं। उदासीन का मतलब है, सत्कर्म (लोक कल्याण) करते हुए भी सबसे अलिप्त रहना। कुछ न करनेवाले इंसान को अलिप्त नहीं कहा जा सकता। लिप्त होने की परिस्थिति सामने आने पर भी जो लिप्त नहीं होता, वह अलिप्त है।

मनुष्य के हाथ में जब तक अधिकार नहीं आता तब तक हो सकता है कि वह दुष्ट न हो; मनुष्य जब तक गरीब है, तब तक हो सकता है वह संतुष्ट जीवन व्यतीत करता हो; प्रलोभनों के अभाव में हो सकता है, वह भ्रष्टाचार से ऊपर हो; इंसान में कुछ सद्गुणों का दिखना हो सकता है, उसकी मज़बूरी हो। इस तथ्य के अनुसार हम कई इंसानों को अनेक गुणों से संपन्न समझते हैं। लेकिन यह केवल दिखावटी सत्य है। उनकी परख तो घटनाओं में ही होती है।

मनुष्य की सच्ची परीक्षा जंगलों या गुफाओं में नहीं बल्कि बीच संसार में होती है। जहाँ वह अनेक लोगों व प्रसंगों से कष्ट पाता है। कठिन परिस्थितियों में ही उसका वास्तविक स्वभाव प्रकट होता है।

अध्याय १४ : २३

किसी सिनेमा के सुखद या दुःखद अंत से हम विचलित नहीं होते क्योंकि हम जानते हैं कि यह सिनेमा सच नहीं अपितु हमारे मनोरंजन के लिए बना है। इसी तरह गुणातीत मनुष्य संसार के सभी शुभ-अशुभ अनुभवों में उदासीन रहता है क्योंकि वह जानता है कि जो कुछ हो रहा है, उसके साथ नहीं, उसके लिए हो रहा है। इसका अर्थ यह नहीं है कि अपने आस-पास की घटनाओं से कोई संबंध नहीं रखना चाहिए। उनमें रहते हुए भी नहीं रहना और नहीं रहते हुए भी रहना, यह श्रीकृष्ण का उपदेश है।

गुणातीत मनुष्य भली-भाँति जानता है कि उसके भीतर व बाह्य जगत में होनेवाले परिवर्तन केवल गुणों के कारण हैं। अतः वह परिवर्तनों में भी अविचलित रहता है। सत्वगुण व रजोगुण कभी उससे बेहतरीन कर्म करवाते हैं तो उसे तालियाँ मिलती हैं और कभी तमोगुण की अधिकता उसे कर्म करने से रोकती है तो उसे गालियाँ मिलती हैं। अपने स्वस्वरूप में स्थिर रहकर वह गुणों के खेल को देखते हुए सभी स्थितियों का आनंद उठाता है।

मोहल्ले में चल रहे लड़ाई-झगड़े को देखकर छत पर खड़ा इंसान अप्रभावित रहता है। उसी प्रकार गुणातीत मनुष्य भी गुणों के खेल को देखते हुए अप्रभावित रहता है।

गुणातीत मनुष्य जानता है कि गुण ही गुण में बरतते हैं। प्रकृति ने रज, तम, सत इन तीन गुणों का निर्माण किया है। इस त्रिगुणी माया ने सारे संसार की रचना की, जिसमें मनुष्य भी शामिल है। मनुष्य शरीर में प्रकट हुए इन तीन गुणों के गुण और अवगुण पूर्व के श्लोकों में बताए गए हैं। इससे स्पष्ट है कि गुणों के अंदर ही गुणों का उठना और गिरना चलता रहता है। गुण ही गुणों के अंदर व्यवहार करते हैं और सृष्टि को चलाते हैं।

अज्ञान में लोग एक दूसरे पर इल्ज़ाम लगाते हैं कि 'फलाँ के कारण मेरा कार्य नहीं हो सका... फलाँ के कारण मैं देर से पहुँचा... फलाँ के कारण मेरा प्रमोशन रुक गया...' आदि। वास्तव में बाहर कोई कर्ता (डूअर) है ही

नहीं। त्रिगुणों ने सबको काम पर लगाया हुआ है। एक ऑटोमैटिक प्रोसेस के तहत गुण ही गुणों के अंदर बदलते रहते हैं। उसके अनुसार इंसान के कर्म होते रहते हैं, फल आते रहते हैं। गुणातीत इनके पार जाकर गुणों की कलाबाज़ियाँ देख पाता है।

24

श्लोक अनुवाद : और– जो निरन्तर आत्मभाव में स्थित, दुःख–सुख को समान समझनेवाला, मिट्टी, पत्थर और स्वर्ण में समान भाववाला, ज्ञानी, प्रिय तथा अप्रिय को एक-सा माननेवाला (और) अपनी निन्दा-स्तुति में भी समान भाववाला है– ॥२४॥

गीतार्थ : प्रतिदिन की बदलती स्थिति में भी गुणातीत मनुष्य किस तरह समता व संतुलन में रहता है, इसका वर्णन भगवान कृष्ण इस श्लोक में कर रहे हैं।

सुख–दुःख में समभाव– गुणातीत मनुष्य तीनों गुणों से परे स्व में स्थित होता है, जहाँ न सत्वगुण का सुकुन है, न रजोगुण का शोर है और न ही तमोगुण की थकान है। वह स्थिति है सत्चित आनंद की... अहंकार के मृत्यु की। इसलिए संसारी लोगों द्वारा कहे गए सुख व दुःख में वह सम रहता है। अनुकूल व प्रतिकूल दोनों परिस्थितियों में चित्त की समता रखता है।

स्वस्थ– गुणातीत मनुष्य स्वस्थ रहता है। अर्थात वह स्व में स्थित रहता है। अपने सच्चे स्वरूप की पहचान कभी नहीं भूलता। हमेशा सत्चित आनंद में लीन रहता है। बाह्य जगत से उसका संबंध ठीक वैसा ही होता है, जैसा एक जागे हुए मनुष्य का अपने स्वप्न से होता है। नींद से जागा हुआ इंसान स्वप्न में देखी वस्तुओं को महत्त्व नहीं देता। वह जानता है कि स्वप्न केवल मन का भ्रम है। इसी तरह गुणातीत मनुष्य भी भौतिक जगत में इकट्ठा की गई धन-संपत्ति, सुख-सुविधाओं के साधनों को महत्त्व नहीं देता क्योंकि वह अपनी

पहचान के प्रति जाग्रत है। वह जानता है कि पृथ्वी जीवन भी एक लंबा सपना है, जो शरीर छूटने के बाद टूटेगा। सत्य को प्राप्त होने के बाद भगवान बुद्ध के मन में भी ऐसा ही वैराग्य जागा, इसलिए वे वापस राजमहल में नहीं गए बल्कि भिक्षु बनकर समाज को जाग्रत करने का प्रयत्न किया।

मिट्टी-सोना एक जाननेवाला- संसारी मनुष्य सोना, हीरे, मोतियों के आभूषण जोड़ने में रुचि रखते हैं और मिट्टी व पत्थर की उपेक्षा करते हैं। किंतु गुणातीत सोना व पत्थर को समान देखता है। वह जानता है कि ये दोनों ही परिवर्तनशील वस्तुएँ हैं अतः वे मूल्यवान नहीं हैं। बचपन में बालक मोरपंख, सीपियाँ, पुरानी टिकटें, टूटी चूड़ियाँ आदि का संग्रह करते हैं। उनके लिए ये चीज़ें मूल्यवान खज़ाना है। परंतु जवान हो जाने के बाद उसके लिए इस खज़ाने का कोई महत्त्व नहीं रह जाता। इसी प्रकार स्वयं को शरीर जानकर जीनेवाले अज्ञानी मनुष्य असंख्य वस्तुओं का संग्रह करते हैं, जो गुणातीत की दृष्टि से बच्चों का खेल मात्र है।

रुचि अरुचि से पार- इंसान के मन में वस्तुओं, व्यक्तियों, स्थान, वातावरण के प्रति रुचि-अरुचि रहा करती है। इंद्रियों के जितने भी विषय हैं, मन में उनके लिए प्रिय या अप्रिय भाव रहता है। किसी को नृत्यकला भाती है तो किसी को संगीत; किसी को चित्रकला प्रिय है तो किसी को फोटोग्राफी। हरेक की रुचि भिन्न-भिन्न है। प्रिय-अप्रिय का अनुभव मन के स्तर पर जीनेवाले लोगों के लिए होता है। त्रिगुणातीत मनुष्य प्रिय-अप्रिय के परे तटस्थ रहता है। एक बार स्व स्वरूप के प्रति रुचि पैदा हो जाए तब अन्य विषय में रुचि-अरुचि नहीं रह जाती। वह सभी में ईश्वर देखता है। अतः उसे सभी प्रिय होते हैं।

निंदा व प्रशंसा के परे- निंदा व प्रशंसा का मनुष्य के मन पर बहुत गहरा असर होता है। संसारी लोग अपनी-अपनी समझ के अनुसार कभी किसी की निंदा करते हैं तो कभी किसी की प्रशंसा। मनुष्य अपनी निंदा बरदाश्त

नहीं कर पाता। अपनी बुराई सुनकर उसका जीना मुश्किल हो जाता है। अपनी प्रतिष्ठा पर आँच आना उसे कतई पसंद नहीं। कई लोग प्रशंसा पाने के लिए सत्कर्म करने के लिए प्रवृत्त होते हैं। नाम और प्रसिद्धि की अभिलाषा मनुष्य को सत्कर्म में लगाए रखती है। गुणातीत दोनों से परे है। वह निंदा और स्तुति दोनों में समभाव रखता है। संत ज्ञानेश्वर इसका उत्तम उदाहरण है। समाज से निंदा का अतिरेक किए जाने पर भी वे सत्य के रास्ते पर अटल रहे। लोगों से तिरस्कार मिलने के बावजूद वे अपनी अभिव्यक्ति करते रहे।

25

श्लोक अनुवाद : तथा– जो मान और अपमान में सम है, मित्र और वैरी के पक्ष में (भी) सम है (एवं) सम्पूर्ण आरम्भों में कर्तापन के अभिमान से रहित है, वह पुरुष गुणातीत कहा जाता है।।२५।।

गीतार्थ : मान अपमान में सम– गुणातीत मनुष्य के लक्षणों को आगे बढ़ाते हुए श्रीकृष्ण कहते हैं, जिनके मन में मान–अपमान की भावना प्रबल रहती है, उनके जीवन में दुःख के बहुत प्रसंग आते हैं। अपमान कोई नहीं चाहता, इसका कारण है मनुष्य का अहंकार। मान और अपमान मुख्यतः शरीर को मैं मानने से होता है। गुणातीत मनुष्य शरीर के साथ तादात्म्य नहीं रखता। अतः कोई उसका मान करे या अपमान उसे कोई फर्क नहीं पड़ता। गुणातीत मनुष्य को मान–अपमान का ज्ञान तो होता है पर त्रिगुणों से संबंध टूटने के कारण वह नाम और शरीर से अनासक्त हो जाता है। इसलिए वह सुखी या दुःखी नहीं होता। वह जिस तत्व में स्थित होता है, वह तत्व निर्विकार है। वहाँ विकारों के लिए कोई स्थान नहीं है।

संसार की ओर देखने का उसका दृष्टिकोण अज्ञानियों से एकदम अलग होता है। यह दृष्टिकोण ही उसे मान–अपमान से परे रखता है। अहंकार

युक्त दृष्टिकोण उसे मान को स्वीकारने और अपमान को त्यागने को बाध्य करता है। मान-अपमान बुद्धि से लिए जानेवाले निर्णय हैं, जो स्थान व समय अनुसार बदलते हैं। जैसे पुराने समय में गीत, संगीत, नाटक, सिनेमा में काम करनेवाली स्त्रियों को सम्मान की दृष्टि से नहीं देखा जाता था। लेकिन समय के साथ इनका गौरव किया जाने लगा। गुणातीत अवस्था बुद्धि से पार की अवस्था है, जहाँ दो का अंत है।

मित्र व शत्रु सम- गुणातीत मनुष्य के लिए मित्र व शत्रु समान होते हैं। हालाँकि उसकी दृष्टि में न कोई मित्र है न शत्रु, फिर भी दूसरे लोग अपनी भावना के अनुसार उसे मित्र या शत्रु मान सकते हैं। अज्ञानी इंसान को भी लोग मित्र या शत्रु मान लेते हैं लेकिन ऐसा मानने से सामनेवाला आपके प्रति राग-द्वेष करने लगता है। परंतु गुणातीत मनुष्य को यह बात पता लगने पर भी उस पर कोई असर नहीं पड़ता। सामनेवाले को मित्र या शत्रु मानने से ही इंसान के व्यवहार में पक्षपात दिखाई देता है। इसलिए गुणातीत मनुष्य पक्षपात रहित होता है।

जैसे हम अपने शरीर के किसी अंग को शत्रु या मित्र नहीं मानते। हम जानते हैं कि शरीर को ठीक तरह से चलाने के लिए हर अंग महत्वपूर्ण है। हरेक का अपना रोल है। वैसे ही गुणातीत मनुष्य किसी को शत्रु व किसी को मित्र नहीं मानता। वह जानता है कि सृष्टि में सकारात्मक और नकारात्मक दोनों का रोल है। वह उसे एक इकाई के रूप में ही देखता है।

कर्तापन के अभिमान से रहित- गुणातीत मनुष्य के शरीर, मन, बुद्धि, इंद्रिय से जो भी सतकर्म होते हैं, जैसे लोगों को बुरे मार्ग से हटाकर सतमार्ग की ओर ले जानेवाले या प्राप्त परिस्थिति के अनुसार जो कार्य खुद-ब-खुद उसकी राह में चले आते हैं, उसका वह रत्तीभर भी अभिमान नहीं करता। वह संपूर्ण क्रियाओं का पूर्णरूप से त्याग करनेवाला होता है।

अध्याय १४ : २६

26

श्लोक अनुवाद : और जो पुरुष अव्यभिचारी भक्तियोग के द्वारा मुझको (निरन्तर) भजता है, वह (भी) इन तीनों गुणों को भली-भाँति लाँघकर सच्चिदानन्दघन ब्रह्म को प्राप्त होने के लिए योग्य बन जाता है।।२६।।

गीतार्थ : इस श्लोक में श्रीकृष्ण अर्जुन द्वारा पूछे गए तीसरे प्रश्न 'इन तीन गुणों को कैसे लाँघा जा सकता है?' का उत्तर देते हुए कहते हैं- गुणातीत होने का सबसे सरल उपाय है 'भक्ति'। जो मनुष्य मुझे अव्यभिचारी भक्ति (अनन्य भक्ति) से भजता है, वह ब्रह्म का अनुभव अर्थात अनुभव में अनुभव का अनुभव करने के पात्र बनता है। जब भी श्रीकृष्ण 'मुझे' शब्द का प्रयोग करते हैं तब वे अपने शरीर के लिए नहीं बल्कि शरीर से परे उस चैतन्य अवस्था के लिए करते हैं, जो सभी में मौज़ूद है।

यहाँ अनन्य भक्ति का अर्थ है, जहाँ हरेक में ईश्वर को छोड़कर किसी अन्य को न देखना... ईश्वर के प्रति प्रेम में स्वयं को खो देना...। जब किसी वस्तु को प्राप्त करना हो तो प्रयत्न करना पड़ता है लेकिन अपने पास की वस्तु को खोना हो तो उसके लिए प्रयत्न नहीं करना पड़ता। जैसे गणित के सूत्र याद करने के लिए बड़ा यत्न करना पड़ता है लेकिन भूलने के लिए क्या किसी कोशिश की ज़रूरत होती है? इसी तरह ब्रह्म को प्राप्त करने के लिए सभी कोशिशें छोड़ दें क्योंकि वह तो पहले से ही है। उसका अनुभव करने में सिर्फ अहंकार और उससे उत्पन्न विकार बाधा डालते हैं। अतः भक्ति की शक्ति में अहंकार को पिघलाना है, विकारों को खोना है, फिर आपका अनुभव आपके पास ही है।

अनन्य भक्ति योग उस चैतन्य अवस्था का अनुभव करने के लिए इंसान को पात्र बनाता है। किसी पात्र को तभी भरा जा सकता है, जब वह खाली हो। इंसान का पात्र (मन) भी तभी खाली होता है, जब उसे भक्ति से

अध्याय १४ : २७

बढ़कर कोई चीज़ न लगे। मन की इस शुद्धता के परिणामस्वरूप भक्त तीनों गुणों का अतिक्रमण कर पात्रता का पात्र बन जाता है।

27

श्लोक अनुवाद : हे अर्जुन!– क्योंकि (उस) अविनाशी परब्रह्म का और अमृत का तथा नित्य धर्म का और अखण्ड एकरस आनन्द का आश्रय मैं (हूँ)।।२७।।

गीतार्थ : अध्याय के अंत में श्रीकृष्ण अर्जुन से कहते हैं, जो अविनाशी है, जो अमृत की तरह संजीवनी प्रदान करता है, शाश्वतता जिसका स्वरूप है और जो निरंतर परम आनंद में रहता है, मैं उस परब्रह्म का आधार हूँ।

आइए, इसे एक-एक कर समझते हैं। **ब्रह्मज्ञान अविनाशी है**, इसका कभी क्षय नहीं होता। जैसे परीक्षा समाप्त हो जाने के बाद स्कूल में पढ़े विषयों को विद्यार्थी भूल सकता है या बुद्धि के मंद हो जाने से इंसान बुढ़ापे में बहुत सी बातें भूल जाता है। लेकिन ब्रह्मज्ञान प्राप्त होने के बाद क्षीण नहीं होता। ब्रह्म यानी निजस्वरूप, जो हमारे साथ दिन-रात मौजूद रहता है। एक बार निजस्वरूप की पहचान हो जाए तो वह कभी मंद नहीं पड़ती। जैसे होश सँभालने के बाद एक बार जब आपको अपना नाम, अपने माता-पिता का नाम पता चल जाता है तो फिर आपको अपनी पहचान पर कभी शंका नहीं आती। जीवनभर के लिए वह अटल सत्य बन जाता है। इसी तरह शरीर से परे अपने स्वरूप की पहचान एक बार हो जाए तो यह अक्षय समझ हमेशा आपके साथ रहती है, इस पृथ्वी जीवन के साथ भी और बाद भी।

ब्रह्म ज्ञान शाश्वत है और धर्मस्वरूप है। शाश्वत अर्थात ब्रह्म ज्ञान पहले भी था, है और आगे भी रहेगा। पृथ्वी कभी भी ब्रह्मज्ञान से खाली नहीं रही है। धर्म इसका स्वरूप है। धर्म का अर्थ है इंसान का स्व-भाव। धर्म का अर्थ किसी संप्रदाय या पंथ को मानना व उनके धर्मग्रंथों का अनुसरण करना नहीं है बल्कि अपने मूल स्व-भाव अर्थात खुशी और गम के पार वाली

अध्याय १४ : २७

अवस्था में स्थिर रहना है।

ब्रह्मज्ञान अत्यंत सुखस्वरूप है। अज्ञान से दुःख का अनुभव होता है और अज्ञान से मुक्त होने पर सुख का अनुभव होता है। इंद्रियों के विषय भी हमें सुख देते हैं किंतु उसकी एक सीमा है। सुख के साथ वे दुःख भी देते हैं। ब्रह्म आनंद ऐसा नहीं है। ब्रह्म के साथ एकरूप हो जाने से अखण्ड सुख का ही अनुभव होता है।

इंसान खुशी की तलाश में क्या-क्या पापड़ नहीं बेलता। धन-दौलत, जेवरात, बंगला, रिश्ते बनाने के पीछे खुशी, सुख पाने की ही कामना होती है। जिस दिन इंसान को पता चल जाता है कि खुशी का स्रोत उसके भीतर ही है, बाहर नहीं, उस दिन से सारा समीकरण (इक्वेशन) बदल जाता है। मन भीतर की ओर मुड़ जाता है और स्रोत के एकरस में डूबने लगता है। यही ब्रह्मसुख की शुरुआत है।

ब्रह्मसुख इंद्रियातीत होने की वजह से दुःख देनेवाली कोई वस्तु शेष नहीं रहती है। इंद्रियों से संबंधित विषयों में हम और वो ऐसा भेद होता है। ब्रह्म अवस्था में हम और वो अलग-अलग नहीं होते। हम शेष न होने के कारण सिर्फ आनंद ही रहता है और कोई अनुभव नहीं रहता।

अंत में श्रीकृष्ण कहते हैं- मेरी कृपा और मेरी भक्ति ब्रह्म प्राप्ति के लिए आधार हैं। अर्थात ब्रह्म प्राप्ति के उपाय हैं... साधन हैं...। यहाँ पुनः कहा जा रहा है कि श्रीकृष्ण जब 'मेरी भक्ति' कहते हैं तब वे शरीर के संदर्भ से नहीं कहते हैं। श्रीकृष्ण अवस्था है। उस परम अवस्था के प्रति प्रेम और कृतज्ञता की भावना ही ब्रह्म प्राप्ति का आधार है।

ईश्वर कृपा से सद्गुरु मिलते हैं और सद्गुरु कृपा से ईश्वर। यदि आपके जीवन में सद्गुरु आए हैं और उस अवस्था के प्रति आपकी भक्ति जगी है तो समझ लीजिए मंज़िल दूर नहीं।

अध्याय १४ : २७

● मनन प्रश्न :

१. क्या आप अपने भीतर गुणों की कलाबाजी देख पाते हैं?

२. गुणातीत के लक्षणों को पढ़कर क्या आपमें उस तक पहुँचने की प्यास जगी है?

३. गुणातीत अवस्था का अनुभव करने के लिए आप किस तरह अपनी पात्रता बढ़ाने का कार्य कर रहे हैं?

अध्याय १५
पुरुषोत्तमयोग

|| अध्याय १५ - सूची ||

श्लोक	विषय	पृष्ठ
1-2	संसार रूपी पीपल के वृक्ष (प्रतीक) का रहस्य	71
3-6	परमपद को प्राप्त करने का मार्ग	77
7-11	जीवात्मा की यात्रा और कार्य	87
12-15	तेज की महिमा	95
16-20	उत्तम पुरुष पुरुषोत्तम योग	101

भाग १

संसार रूपी पीपल के वृक्ष (प्रतीक) का रहस्य

।। १-२ ।।

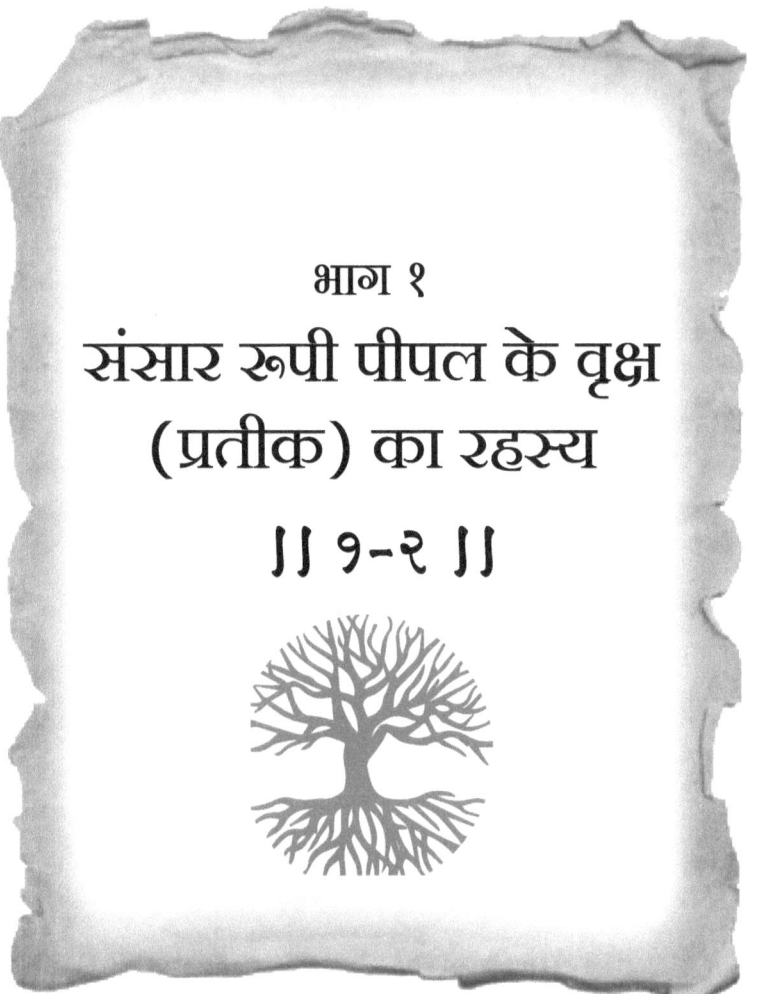

अध्याय १५

ऊर्ध्वमूलमधः शाखमश्वत्थं प्राहुरव्ययम् । छन्दांसि यस्य पर्णानि यस्तं वेद स वेदवित् ।।१।।

अधश्चोर्ध्वं प्रसृतास्तस्य शाखा गुणप्रवृद्धा विषयप्रवालाः । अधश्च मूलान्यनुसन्ततानि कर्मानुबन्धीनि मनुष्यलोके ।।२।।

1

श्लोक अनुवाद : श्री भगवान् बोले, हे अर्जुन!– आदिपुरुष परमेश्वररूप मूलवाले (और) ब्रह्मारूप मुख्य शाखावाले (जिस) संसाररूप पीपल के वृक्ष को अविनाशी कहते हैं; (तथा) वेद जिसके पत्ते (कहे गए हैं–) उस संसाररूप वृक्ष को जो पुरुष (मूलसहित) तत्त्व से जानता है, वह वेद के तात्पर्य को जाननेवाला है।।१।।

गीतार्थ : गीता में श्रीकृष्ण ने अर्जुन को बारम्बार इस समस्त दृश्य-अदृश्य जगत् और उसे बनानेवाले सेल्फ (चेतना, ईश्वर, अल्लाह, गॉड) की वास्तविकता एवं उनके संबंध को अलग-अलग ऐनालॉजी से समझाया है। कभी क्षेत्र और क्षेत्रज्ञ की ऐनालॉजी से, कभी प्रकृति और पुरुष की ऐनालॉजी से और कभी सेल्फ की विभूतियों के माध्यम से। ऐसे इस अध्याय में उन्होंने सेल्फ और उसकी फैलाई माया को एक और ऐनालॉजी द्वारा समझाने का प्रयास किया है। यह ऐनालॉजी समझने में बड़ी आसान है क्योंकि इसमें सेल्फ और माया को एक वृक्ष के माध्यम से समझाया गया है। इसे हम ट्री ऐनालॉजी का नाम भी दे सकते हैं।

स्कूल में बच्चों को परिवार की अवधारणा (फैमिली कॉन्सेप्ट) के बारे में पढ़ाते हुए अकसर एक ऐक्टिविटी कराई जाती है– अपना फैमिली ट्री बनाना यानी अपने परिवार की पीढ़ियों और सदस्यों को एक पेड़ के रूप में दिखाना। इस पेड़ को उलटा दिखाया जाता है, जिसमें शीर्ष पर दादा या परदादा को रखा जाता है। यह उस पेड़ का मूल यानी आरंभ स्थान होता है। फिर उस मूल से नीचे की ओर शाखाएँ निकलती हैं। हर एक शाखा उस मूल में दिखाए गए इंसान की एक संतान को प्रदर्शित करती है। एक पेड़ की भाँति ही फिर उन शाखाओं से और उपशाखाएँ निकलती हैं, जो उन संतानों की संतानों को दिखाती हैं। इस तरह से एक खानदान की सारी पीढ़ी और उनकी संतानें फैमिली ट्री से प्रदर्शित की जाती हैं। उस पेड़ को देखकर कोई भी उन पारिवारिक सदस्यों के आपसी संबंध को समझ सकता है कि कौन किसका दादा है, कौन चाचा, पोता आदि...।

बस! श्रीकृष्ण ने भी स्थूल संसार, सूक्ष्म संसार और उसे बनानेवाले सेल्फ

के संबंध को ऐसे ही एक उलटे वृक्ष की ट्री ऐनालॉजी से समझाया है। वे अर्जुन को कहते हैं- 'यह संसार एक पीपल के वृक्ष का भाँति है और यह अविनाशी है यानी इस वृक्ष का कभी नाश नहीं होता। इस वृक्ष का मूल (जड़) आदिपुरुष परमेश्वर यानी सेल्फ है। क्योंकि यह वृक्ष उलटा है। अतः मूल जड़ को शीर्ष भी कह सकते हैं।

वे आगे कहते हैं- 'इस वृक्ष की पहली मुख्य शाखा को ब्रह्मा समझ और वेदों को इसके पत्ते। इस संसाररूपी वृक्ष को जो भी व्यक्ति मूल सहित तत्व से जानता है, वही सही मायनों में वेदों के ज्ञान को समझा है।'

ब्रह्मा के बारे में आपने गीता के अध्याय आठ में भी पढ़ा था। हमारे शास्त्रों में कहा गया है कि ईश्वर ने सबसे पहले ब्रह्मा को रचा और फिर ब्रह्मा ने इस पूरे संसार की रचना की। इस तरह से देखा जाए तो ब्रह्मा सेल्फ की वह अवस्था है, जब उसने सृष्टि का नाटक रचने का संकल्प किया। जब सेल्फ समाधि अवस्था से ऐक्शन में आया, उस पहले संकल्प से संपूर्ण सृष्टि की उसके स्वचालित नियमों सहित उत्पत्ति हुई। यह सृष्टि एक निश्चित अवधि के लिए अस्तित्व में रहती है। इसमें ईश्वरीय लीला चलती है। उसके बाद उस पहले संकल्प (ब्रह्मा) के साथ यह संपूर्ण सृष्टि सेल्फ में ही विलीन हो जाती है। यह ऐसा ही है, जैसे एक मकड़ी जाले की रचना करे और कुछ समय बाद उस जाले को स्वयं ही निगल ले।

अब प्रश्न उठता है कि जब यह संसार रूपी वृक्ष एक दिन विलीन हो जाता है तो फिर इसे श्लोक में अविनाशी क्यों कहा गया? इसका उत्तर है क्योंकि इस वृक्ष का मूल (सेल्फ) अविनाशी है। वृक्ष वापस मूल में समाता है, मूल का विनाश न ही हुआ, न ही कभी होगा। उस मूल से वापस संसाररूपी वृक्ष वापस खड़ा होता है।

जिस तरह एक वृक्ष के गुण उसके पत्तों में होते हैं, पत्तों को देखकर ही पेड़ कौन सा है, किस चीज़ का है, पता चलता है, वैसे ही इस

संसाररूपी वृक्ष के पत्ते रूपी वेदों में ब्रह्म ज्ञान है। इस ब्रह्म ज्ञान (अंतिम सत्य) को अनुभव में उतारकर इस वृक्ष के मूल सत्य को जाना जा सकता है। इस प्रकार गीता ग्रंथ भी इस वृक्ष का एक पत्ता ही है।

2

श्लोक अनुवाद : और हे अर्जुन!– उस संसार वृक्ष की तीनों गुणोंरूप जल के द्वारा बढ़ी हुई (एवं) विषय –भोगरूप कोंपलोंवाली देव, मनुष्य और तिर्यक् आदि योनिरूप शाखाएँ नीचे और ऊपर सर्वत्र फैली हुई हैं (तथा) मनुष्यलोक में कर्मों के अनुसार बाँधनेवाली अहंता, ममता और वासना रूप जड़ें भी नीचे और ऊपर सभी लोकों में व्याप्त हो रही हैं।।२।।

गीतार्थ : श्रीकृष्ण इस संसार रूपी वृक्ष को समझाते हुए आगे कहते हैं– 'सेल्फ रूपी मूल से, ब्रह्मा रूपी मुख्य शाखा प्रकट हुई और उस मुख्य शाखा की सभी जगह से अन्य शाखाएँ निकल रही हैं, जो उस वृक्ष में नीचे से ऊपर तक फैली हुई हैं। ये शाखाएँ देव, मनुष्य और तिर्यक् आदि योनियों को प्रदर्शित करती हैं। यहाँ देव को हम श्रेष्ठ पुण्य आत्माएँ, मनुष्यों को स्थूल जगत् में रहनेवाले इंसान और तिर्यक् योनि में पेड़-पौधे, पशु-पक्षी, कीट-पतंगें आदि जीव आते हैं। ये सभी जीव इस संसाररूपी वृक्ष में सभी जगह फैले हुए हैं। मनुष्य के पाँचों इंद्रिय विषयों (शब्द, स्पर्श, रूप, रस और गंध) को उन शाखाओं की कोंपले कहा गया है।

इस वृक्ष में अहंकार, ममता और वासना रूप जड़ें भी सभी जगह फैली हैं, जो मनुष्यों को आपस में बाँधती हैं। इस विशाल संसार रूपी वृक्ष को प्रकृति तीनों गुणों (सत्, रज, तम) रूपी जल से सींचती है जिससे इस वृक्ष में वृद्धि होती है, उसका जीवन चलता रहता है। कहने का तात्पर्य यह है कि मनुष्य तीनों गुणों के प्रभाव में आकर नित नए कर्म करते जाते हैं, उनसे कर्मबंधन बनते हैं, जो उन्हें आपस में लेन-देन

अध्याय १५ : २

(कर्म का अकाउंट, लकीर) से बाँधते हैं। उन कर्मों के और अपनी सोच के फलस्वरूप मनुष्य अहंकार, ममता और वासना रूप रूपी जड़ों में उलझकर सदा इस मायावी वृक्ष का हिस्सा बना रहता है।

● **मनन प्रश्न :**

१. मनन करें– 'ट्री' की ऐनालॉजी से आपने सेल्फ और संसार की अवस्था को कितना समझा?

२. मनन करें– अहंकार, आसक्ति, वासना–कामना… आदि जड़ों में से आपके भीतर कौन सी जड़ अधिक मज़बूत है, इस जड़ को काटने की कार्ययोजना बनाएँ।

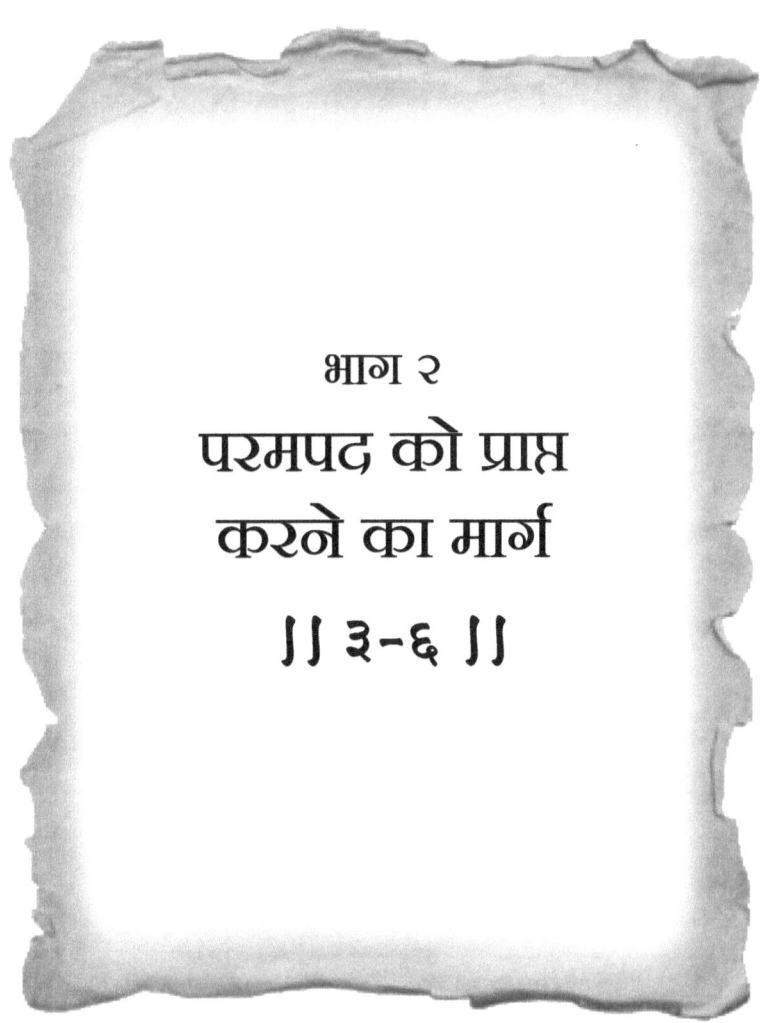

भाग २

परमपद को प्राप्त करने का मार्ग

|| ३-६ ||

अध्याय १५

न रूपमस्येह तथोपलभ्यते नान्तो न चादिर्न च सम्प्रतिष्ठा । अश्वत्थमेनं सुविरूढमूल मसङ्गशस्त्रेण दृढेन छित्त्वा ।।३।।

ततः पदं तत्परिमार्गितव्यं यस्मिन्गता न निवर्तन्ति भूयः । तमेव चाद्यं पुरुषं प्रपद्ये यतः प्रवृत्तिः प्रसृता पुराणी।।४।।

निर्मानमोहा जितसङ्गदोषाअध्यात्मनित्या विनिवृत्तकामाः । द्वन्द्वैर्विमुक्ताः सुखदुःखसञ्ज्ञैर्गच्छन्त्यमूढाः पदमव्ययं तत् ।।५।।

न तद्भासयते सूर्यो न शशाङ्को न पावकः। यद्गत्वा न निवर्तन्ते तद्धाम परमं मम ।।६।।

3

श्लोक अनुवाद : परंतु– इस संसार वृक्ष का स्वरूप जैसा कहा है, वैसा यहाँ विचारकाल में नहीं पाया जाता; क्योंकि न तो इसका आदि है और न अन्त है तथा न (इसकी) अच्छी प्रकार से स्थिति ही है इसलिए इस अहंता, ममता और वासनारूप अति दृढ़ मूलोंवाले संसाररूप पीपल के वृक्ष को दृढ़ वैराग्य रूप शस्त्र द्वारा काटकर ।।३।।

गीतार्थ : जब श्रीकृष्ण कहते हैं, 'इस संसार वृक्ष का स्वरूप जैसा कहा है, वैसा यहाँ विचारकाल में नहीं पाया जाता' तो इसका अर्थ यह है कि वृक्ष की यह अवधारणा मात्र संसार और सेल्फ की स्थिति को समझाने के लिए है। यह पढ़कर कोई यह न समझ ले कि वाकई संसार एक पेड़ जैसा है।

जिन्होंने इसे अनुभव से जाना है उन्होंने अपनी समझ और सामनेवाले की पात्रता के अनुसार इसे समझाने के लिए अलग-अलग ऐनालॉजी दी है मगर वे बुद्धि को समझाने के लिए सेल्फ और संसार का प्रतीकात्मक चित्रण है, वास्तविक चित्रण नहीं। इस संसार के वास्तविक स्वरूप को तभी देखा-समझा जा सकता है, जब तत्व ज्ञान अनुभव में उतरे।

इस वृक्ष का 'आदि' और 'अन्त' नहीं है, कहने का प्रयोजन यह है कि यह संसार बनने-मिटने की परम्परा कबसे चली आ रही है, इसका कोई पता नहीं है।

इसकी 'अच्छी प्रकार स्थिति भी नहीं है', कहने का यह प्रयोजन है कि इस संसार की स्थिति कभी एक सी नहीं रहती, यह लगातार बदलती रहती है। यह सदा परिवर्तनशील है, इसके इतिहास और भूगोल बदलते रहते हैं।

यह संसार रूपी वृक्ष वास्तव में माया है, भ्रम है, जो है नहीं मगर फिर भी है प्रतीत होता है। जैसे नींद में जब एक स्वप्न चलता है तो वह हमें उस क्षण उतना ही सच्चा प्रतीत होता है, जैसे जागते हुए यह संसार सत्य लगता है मगर आँख खुलते ही जैसे सपना भ्रम था, समझ आ जाता है, वैसे ही ज्ञान की दृष्टि मिलते ही यह संसार भ्रम है, यह समझ आ जाता है।

अध्याय १५ : ३

मगर इस भ्रम के वृक्ष को काटना आसान नहीं है क्योंकि यह अहंकार, ममता और वासना की जड़ों से बुरी तरह जकड़ा हुआ है। अतः पहले धीरे-धीरे इन जड़ों को काटना होगा। श्रीकृष्ण कहते हैं, 'अहंकार, ममता-आसक्ति और वासना-कामना, इन्हें जिस शस्त्र से काटा जा सकता है, वह है-वैराग्य।'

अब यह वैराग्य क्या है, इसे समझते हैं। यदि वैराग्य को एक फार्मूले द्वारा दिखाया जाए तो वह इस प्रकार होगा-

वैराग्य = अनासक्ति + अकर्ता भाव + स्वसाक्षी + गुणातीत

माया के प्रलोभनों के बीच रहकर, उनका उपयोग करते हुए भी माया से अनासक्त रहना ही वैराग्य है। संसार में सभी रिश्तेदारों के बीच रहकर जगत् व्यवहार करते हुए अंदर से अकंप रहना, सबके लिए समभाव रखना, सबमें ईश्वर को देखना ही वैराग्य है। सुख-दुःख, मान-अपमान, लाभ-हानि में सम रहना ही सच्चा वैराग्य है। निष्काम यानी कर्ताभाव से मुक्त होकर 'ईश्वर ही कर रहा है' के भाव से, बिना फल में अटके अपने सारे कार्य करना ही वैराग्य है।

स्वाक्षी भाव में आप सच्चे वैराग्य को आता हुआ देखते हैं। स्वाक्षी यानी 'स्व का साक्षी'। स्वाक्षी भाव में इंसान 'स्व' को जानते हुए, 'स्व' में स्थापित होकर जीवन जीता है और जगत् व्यवहार करता है। वह कर्ता नहीं है। कर्म और उसके फल में भी उसकी आसक्ति नहीं है। बस वह मात्र उपस्थित रहता है। बाहर जैसे परिवार, आस-पड़ोस, ऑफिस, बाज़ार आदि में जो भी घटना घट रही है, वह उसमें स्वाक्षी भाव से उपस्थित रहकर अलगाव के साथ अपनी भूमिका निभाता है। अतः वह घटनाओं पर सही-गलत, अच्छी-बुरी का लेबल न लगाकर न दुःखी होता है, न ही खुश होता है। वह हर पल निरंतर बने रहनेवाले आनंद में रहता है। ऐसे में धीरे-धीरे

अध्याय १५ : ३

आप सिर्फ बाहरी जगत् को ही नहीं बल्कि अपने शरीर को भी स्वाक्षी भाव से देखना शुरू कर देते हैं। शारीरिक तकलीफों के बावजूद आपको भीतर से पूर्ण शांत और आनंदित देखकर लोगों को आश्चर्य होता है। उन्हें लगता है कि आप संसार से अनासक्त और अपने शरीर से लापरवाह हो गए हैं। लेकिन आपको असलियत पता है कि आपकी यह वैराग्य अवस्था ईश्वर प्रेम में सच्चे ज्ञान और भक्ति मिलने के बाद जाग्रत हुई है।

संसार में कुछ ऐसे ढोंगी लोग भी हैं, जिनके लिए वैराग्य अकर्मण्यता (कामचोरी, आलसीपन) और ज़िम्मेदारियों से बचने का बहाना बन जाता है। वैराग्य के नाम पर लोग घर-परिवार, संसार को छोड़कर पहाड़ों पर चले जाते हैं, संन्यासी के वस्त्र धारण कर लेते हैं और वे इसे ही वैराग्य कहते हैं। लेकिन समझ युक्त भक्ति और सच्चे ज्ञान के साथ जो वैराग्य आता है, वह आगे दिए गए दिखावटी वैराग्य से बिलकुल अलग एवं सच्चा वैराग्य होता है।

पिछले श्लोक में कहा गया था कि जब इस माया के संसार रूपी वृक्ष को तीनों गुणों (सत्, रज, तम) से सींचा जाता है तो वह फलता-फूलता है। इसके विपरीत जब उसे वैराग्य के जल से सींचा जाता है तो वह कमज़ोर पड़ने लगता है। उसकी अहंकार, आसक्ति और वासना की जड़ें कमज़ोर और ढीली होने लगती हैं। आपको वैराग्य के जल से नहाना है, शुद्ध होना है और उस जल को उस वृक्ष की जड़ में डालना है। ऐसा करने से वह मायावी वृक्ष नष्ट होगा और उसकी जगह पर एक हवन कुंड तैयार होगा। उस हवन कुंड में झाँककर आपको खोज करनी है और उसके अंदर मूल में बैठे पुरुषोत्तम (सेल्फ) को समर्पित होना है।

अध्याय १५ : ४

4

श्लोक अनुवाद : उसके पश्चात् उस परमपदरूप परमेश्वर को भली-भाँति खोजना चाहिए, जिसमें गए हुए पुरुष फिर लौटकर संसार में नहीं आते और जिस परमेश्वर से (इस) पुरातन संसार वृक्ष की प्रवृत्ति विस्तार को प्राप्त हुई है, उसी आदिपुरुष नारायण के मैं शरण हूँ- (इस प्रकार दृढ़ निश्चय करके उस परमेश्वर का मनन और निदिध्यासन करना चाहिए।)।।४।।

गीतार्थ : बहुत से लोग संसार को त्यागकर ईश्वर प्राप्ति की राह पर चलने का निश्चय करते हैं। वे घर-बार और अपने कर्तव्य को त्यागकर पूजा-पाठ, जप-तप में तो लग जाते हैं मगर मन की शुद्धि पर ध्यान नहीं देते। कुछ सत्य साधकों को अपनी साधना का ही अहंकार हो जाता है, वे अहंकार समर्पित करने के बजाय उलटा उसे बढ़ा लेते हैं। कुछ साधक सत्य मार्ग पर तो चलने लगते हैं मगर उनकी कामनाएँ खत्म नहीं होती। उनमें संसारी की नहीं मगर सत्वगुणी कामनाएँ तो जगी रहती हैं कि 'मुझे यह सिद्धि मिले, ईश्वर के ऐसे-ऐसे रूप में दर्शन हो, मैं ऐसा-ऐसा दान करूँ'... आदि।

श्रीकृष्ण कहते हैं- 'सत्य की राह में पहले वैराग्य के द्वारा अहंकार, कामना, आसक्ति जैसी मज़बूत जड़ों को काटना ज़रूरी है और उसके बाद उस परमपुरुषोत्तम यानी सेल्फ को पाने का प्रयास करना चाहिए। मगर लोग वैराग्य का अभ्यास करते नहीं और सीधे सत्य प्राप्ति करने की इच्छा रखते हैं तो उनकी हालत वैसी ही होती है। जैसे एक गुब्बारे में उसे ऊपर आकाश में उड़ाने के लिए हाइड्रोजन गैस तो भरी मगर उस गुब्बारे की डोरी में पत्थर भी बँधे हुए हैं। अब भला गुब्बारा उड़े तो कैसे? अर्थात जब तक मन की डोरी से बँधा अहंकार, कामना, आसक्ति का वजन नहीं हटेगा तब तक इंसान रूपी गुब्बारा सत्य के आकाश में नहीं उड़ पाएगा।

कामना-आसक्तिभरे, मैले मन के पानी से संसार रूपी वृक्ष नष्ट नहीं

अध्याय १५ : ४

होगा। इसलिए पहले मन की पवित्रता (प्यूरिटी ऑफ माईंड) बढ़ाने पर काम करना है। गीता के नौवें अध्याय में बताए गए अभ्यास योग (सत्य श्रवण, पठन, मनन, सेवा, भक्ति आदि) को व्यवहार में उतारना है। बारहवें अध्याय भक्ति योग में बताए गए भक्त के ३६ गुणों पर मनन कर, उन्हें आत्मसात करना है, ज़्यादा से ज़्यादा क्षमा साधना करनी है। ये सब करने से ही मन का मैल दूर होगा, वैराग्य आएगा।

इसलिए हर धर्म में कुछ नियम जैसे पंचशील, १० कमांडमेंट आदि यम-नियम दिए जाते हैं। जैसे- इन व्यसनों से मुझे दूर रहना है, किसी को सताना नहीं है, चोरी नहीं करनी है आदि। यह शुरू में ही लोगों को बताया जाता है कि सत्य की राह में मैल के साथ आगे मत बढ़ो, इससे कोई लाभ नहीं होगा, यह मैल निकालकर चलो। क्षमा साधना इसमें बहुत मदद करती है। क्षमा साधना में क्षमा करने से ज़्यादा महत्त्व क्षमा माँगने पर है। जितना ज़्यादा आप दिल से... भाव से क्षमा माँगेंगे, उतना ही पवित्र होते जाएँगे... मैल धुलता जाएगा... करुणा जगती जाएगी।

आगे श्रीकृष्ण कहते हैं, 'जो इस तरह सही तरीके से ईश्वर को पाने का प्रयास करते हैं, वे सफल होते हैं और सत्य में स्थापित हो जाते हैं। फिर वे वापस संसार में लौटकर नहीं आते अर्थात माया के अधीन नहीं होते। वे पूरी तरह से उस आदिपुरुष नारायण (सेल्फ) के परायण होकर संसार में अभिव्यक्ति करते हैं। वे जानते हैं कि यह संसार भी उसी का रचा हुआ है, वही इसे विस्तार दे रहा है। अतः उनके मन में संसार से विरक्ति भी नहीं होती। वे समभाव में रहकर अकर्ता भाव से अपने कर्तव्य कर्म करते हुए ईश्वर की सेवा करते हैं।'

5-6

श्लोक अनुवाद : जिनका मान और मोह नष्ट हो गया है, जिन्होंने आसक्ति रूप दोष को जीत लिया है, जिनकी परमात्मा के स्वरूप में नित्य स्थिति है (और) जिनकी कामनाएँ पूर्ण रूप से नष्ट हो गई हैं– (वे) सुख-दुःखनामक द्वन्द्वों से विमुक्त ज्ञानीजन उस अविनाशी परमपद को प्राप्त होते हैं।।५।।

और– जिस परमपद को प्राप्त होकर (मनुष्य) लौटकर संसार में नहीं आते, उस (स्वयं प्रकाश परमपद को) न सूर्य प्रकाशित कर सकता है, न चन्द्रमा (और) न अग्नि ही; वही मेरा परम धाम है।।६।।

गीतार्थ : इस संसार में आप जो भी पद प्राप्त करते हैं, वे सब नष्ट होनेवाले और परिवर्तनीय हैं यानी वे या तो कभी न कभी समाप्त हो जाते हैं या बदल जाते हैं। मगर प्रस्तुत श्लोक में श्रीकृष्ण एक ऐसे अविनाशी परम पद की बात कर रहे हैं, जो न तो कभी समाप्त होता है, न ही बदलता है और उससे ऊपर कोई पद नहीं। यदि संसार वृक्ष में देखें तो यह पद है, उसके मूल का पद जहाँ सेल्फ या परमचैतन्य विराजमान है।

एक मनुष्य इस पद को प्राप्त कर सकता है। यह असंभव नहीं है क्योंकि बहुत से योगी, ज्ञानी और भक्तों ने इसे अपने जीवनकाल में ही प्राप्त किया है। इस पद को अन्य कई नामों से जाना जाता है जैसे स्वअनुभव, आत्मसाक्षात्कार, स्वबोध, ऐनलाइटमेंट, सेल्फरियलाइजेशन... आदि। इस परमपद के बारे में श्रीकृष्ण कहते हैं– 'यह स्व (सेल्फ) के नूर से प्रकाशित रहता है। इसे प्रकाशित होने के लिए किसी सूर्य, चाँद, अग्नि के बाहरी प्रकाश की आवश्यकता नहीं होती। उदाहरण के लिए प्रसिद्ध कृष्ण भक्त कवि सूरदास के तो नयनों में भी दृष्टि की ज्योति नहीं थी, फिर भी उनका अंतःकरण स्व के नूर से प्रकाशित था।'

अध्याय १५ : ५-६

श्रीकृष्ण कहते हैं- 'मैं इसी पद पर, इसी स्थान में रहता हूँ। इस परमपद को कहीं बाहर ढूँढ़ने की आवश्यकता नहीं है, यह हमारे भीतर ही है।' संत कबीर ने इसी बात को बड़े सुंदर भजन के माध्यम से कहा है, यह आवाज उनके भीतर से ही आई थी, 'मोको कहाँ ढूँढ़े से बंदे, मैं तो तेरे पास में...।' इंसान के अंदर वह स्थान जहाँ पर सेल्फ रहता है उसे तेजस्थान या हृदयस्थान कह सकते हैं। वह हमारे भीतर सेल्फ का संपर्क स्थान है। हमें उस पर भी स्थापित होना है।

श्लोक में श्रीकृष्ण इस पद को पाने की पात्रता भी बता रहे हैं। ये भक्त के वे ही गुण हैं, जिन्हें आपने भक्तियोग में पढ़ा था। वे कहते हैं-'जिनका मान (अहंकार) और मोह नष्ट हो गया है, जिन्होंने आसक्ति को जीत लिया है, जिनकी कामनाएँ पूर्ण रूप से नष्ट हो गई हैं यानी जो ईश्वर इच्छा को ही अपनी इच्छा मानकर पूरे स्वीकार भाव से कुदरत के साथ तालमेल बनाकर रहता है, जो सुख-दुःख के द्वंद्वों से ऊपर उठ चुका है और जो हृदयस्थान (तेजस्थान) पर ही स्थापित है, जो स्वस्थिति (मैं ही सेल्फ हूँ) को कभी नहीं भूलता, वह इस अविनाशी परमपद (स्वबोध) को प्राप्त होता है।

अध्याय १५ : ५-६

● मनन प्रश्न :

१. श्रीकृष्ण ने परमपद पाने के लिए जो-जो गुण बताए हैं उन पर मनन कर, स्वयं का मूल्यांकन करें।

२. आपने मन की पवित्रता का महत्त्व कितना समझा है? क्या आप नियमित क्षमा साधना करते हैं?

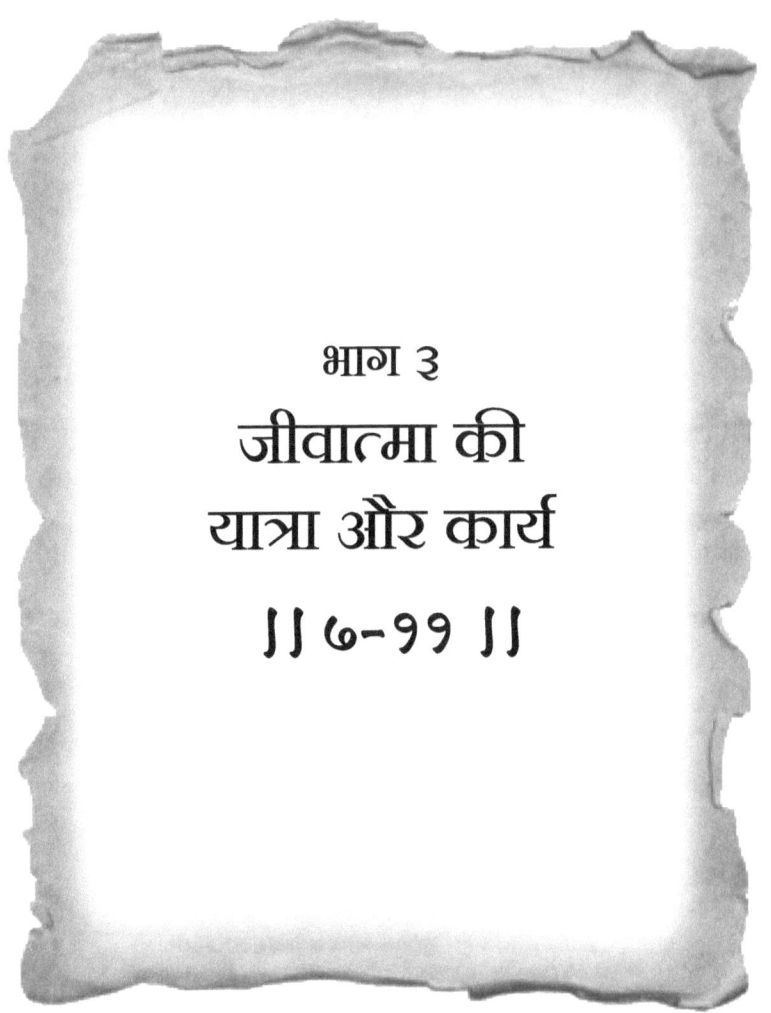

भाग ३
जीवात्मा की यात्रा और कार्य
॥ ७-११ ॥

अध्याय १५

ममैवांशो जीवलोके जीवभूतः सनातनः । मनः षष्ठानीन्द्रियाणि प्रकृतिस्थानि कर्षति।।७।।

शरीरं यदवाप्नोति यच्चाप्युत्क्रामतीश्वरः। गृहीत्वैतानि संयाति वायुर्गन्धानिवाशयात् ।।८।।

श्रोत्रं चक्षुः स्पर्शनं च रसनं घ्राणमेव च। अधिष्ठाय मनश्चायं विषयानुपसेवते।।९।।

उत्क्रामन्तं स्थितं वापि भुञ्जानं वा गुणान्वितम् । विमूढा नानुपश्यन्ति पश्यन्ति ज्ञानचक्षुषः ।।१०।।

यतन्तो योगिनश्चैनं पश्यन्त्यात्मन्यवस्थितम् । यतन्तोऽप्यकृतात्मानो नैनं पश्यन्त्यचेतसः।।११।।

7

श्लोक अनुवाद : और हे अर्जुन!– इस देह में यह सनातन जीवात्मा मेरा ही अंश है और वही इन प्रकृति में स्थित मन और पाँचों इन्द्रियों को आकर्षण करता है।।७।।

गीतार्थ : गीता के अध्याय दो में भी एक इंसान के शरीर का रहस्य समझाया गया है कि वह कैसे बना है? स्थूल देह बाहरी आवरण है जिसके भीतर मन, स्मृति, बुद्धि युक्त सूक्ष्म देह रहती है। इस सूक्ष्म देह के भीतर जो ज़िंदा तत्व है वह सेल्फ है। इसी ज़िंदा तत्त्व के बारे में श्रीकृष्ण कहते हैं– इस देह में यह सनातन जीवात्मा यानी सदा रहनेवाली, स्थूल या सूक्ष्म शरीर के आवरणों के साथ नष्ट न होनेवाली जीवात्मा मेरा ही अंश है।

यहाँ पर अंश (हिस्सा) का अर्थ यह नहीं है कि जैसे एक लड्डू के अंश किए और उसे अलग-अलग लोगों में बाँट दिया। ऐसे में तो वह हिस्सा अपने मूल स्वरूप से अलग हो जाता है। यह अंश तो ऐसा है जैसे आकाश (स्पेस) सब जगह व्याप्त है, वह हर चीज़ के अंदर भी है और बाहर भी...। जैसे किसी बॉक्स के अंदर भी स्पेस का अंश है मगर वह बाकी स्पेस से अलग नहीं है। इसी तरह सभी जीवों में जीवात्मा परमात्मा का ही अंश है मगर वह अंश उस परमात्मा से अलग नहीं है।

आगे श्रीकृष्ण कहते हैं– 'जब वह जीवात्मा (सेल्फ) अपनी ही फैलाई लीला में भूमिका निभाने हेतु तीनों गुणों से बनी प्रकृति के अधीन आती है तो प्रकृति में ही स्थित मन, स्मृति और पाँचों इंद्रियों को आकर्षित कर लेती है। इस तरह से माया के अंदर एक मनोशरीर यंत्र का पैकेज तैयार हो जाता है। यानी मन, बुद्धि, स्मृति, अहंकार (सेल्फ से अलगाव का भाव), इंद्रियों से युक्त एक व्यक्ति तैयार हो जाता है। अब संसार में इस व्यक्ति की जीवन यात्रा शुरू हो जाती है।'

इस पूरी प्रक्रिया को एक उदाहरण से समझते हैं। मान लीजिए, एक गेम शो है जिसमें कुछ लोग भाग ले रहे हैं। उन लोगों को एक जार (काँच के बर्तन) से पर्ची उठानी है। परची में किसी एक जानवर का नाम लिखा है। वहाँ पूरी जगह में उन जानवरों के गेटअप से जुड़ी चीज़ें छिपाकर रखी गई हैं, उदा. उनके जैसे कास्ट्यूम, जूते, कैप, चेहरे, दस्ताने आदि...। टास्क यह है कि प्रत्येक खिलाड़ी को एक

अध्याय १५ : ८-९

तय समय सीमा में अपनी परची में लिखे जानवर से जुड़ी चीज़ें खोजनी हैं। फिर उन्हें पहनकर उस जानवर की तरह ही तैयार हो जाना है और वैसी ही चलने-फिरने, आवाज़ निकालने की ऐक्टिंग करनी है। अब खेल शुरू होता है और सब लोग जल्दी-जल्दी अपनी भूमिका से जुड़ी चीज़ें खोजकर, उन्हें पहनकर जानवर बनकर तैयार हो जाते हैं। फिर जिस-जिस जानवर का नाम पुकारा जाता है, वह स्टेज पर आकर उस जानवर की तरह दिखता है और वैसे ही अभिनय करता है। जो जितनी कुशलता से अपना रोल निभाता है, उसी हिसाब से नम्बर पाता है।

बस यही खेल संसार में भी चल रहा है। सेल्फ शुद्ध रूप में (शुद्ध जीवात्मा) प्रकृति के द्वारा रचे गए खेल के बीच में आता है। उसे जो भूमिका निभानी है वह उससे जुड़े मन, स्मृति बुद्धि, इंद्रियाँ आदि प्रकृति से लेकर (आकर्षित कर), उन्हें धारण करता है और इस तरह एक नया व्यक्ति सजकर तैयार हो जाता है, जो सेल्फ से और बाकी व्यक्तियों से अलग प्रतीत होता है। फिर जीवात्मा उस अलग व्यक्ति की तरह ऐक्टिंग करते हुई उसकी भूमिका निभाती है।

अब ज़रा सोचिए उस खेल में यदि कोई इंसान जानवर की ऐक्टिंग करते-करते भूल ही जाए कि मूलतः वह एक इंसान है, जानवर नहीं। उसने तो बस खेल के लिए जानवर का रूप धरा (चोला पहना) है तो आप क्या कहेंगे? यही न कि 'अरे! वह कितना बेवकूफ है' तो बस यही बेवकूफी हर वह इंसान कर रहा है, जो भूल गया है कि वास्तव में वह सेल्फ है, कोई अलग व्यक्ति रमेश, दिनेश आदि नहीं... और उसे यही याद दिलाने के लिए श्रीकृष्ण ने संसार को गीता का ज्ञान दिया है।

8-9

श्लोक अनुवाद : कैसे कि- वायु गन्ध के स्थान से गन्ध को जैसे (ग्रहण करके ले जाता है, वैसे ही) देहादि का स्वामी जीवात्मा भी जिस (शरीर) का

त्याग करता है, उससे इन मनसहित इन्द्रियों को ग्रहण करके फिर जिस शरीर को प्राप्त होता है, उसमें जाता है।।८।।

और उस शरीर में स्थित हुआ– यह जीवात्मा श्रोत्र, चक्षु और त्वचा को तथा रसना, घ्राण और मन को आश्रय करके अर्थात इन सबके सहारे से ही विषयों का सेवन करता है।।९।।

गीतार्थ : परमात्मा के अंश जीवात्मा का सृष्टि चक्र में आना और अपनी भूमिका के अनुसार प्रकृति से एक व्यक्ति के हिस्सों या कहें टूल्स को ग्रहण करना, इतने सूक्ष्म स्तर पर होता है कि हमारी बुद्धि कभी इसे देख–समझ नहीं सकती। पहली बार जब जीवात्मा सृष्टि चक्र में आता है तो सेल्फ उसे उसके द्वारा निभाई जानेवाली भूमिका के अनुरूप ऐसे टूल्स जैसे याददाश्त (मेमोरी), मन, बुद्धि, संस्कार आदि देता है, जो मुक्त हैं और अन्य किसी जीवात्मा से जुड़े नहीं हैं। उनके साथ वह अपनी नई जीवन यात्रा शुरू करती है।

इसके बाद जब वह जीवात्मा अपना पहला शरीर छोड़ती है तो उसके टूल्स जैसे मन, बुद्धि, संस्कार (आदतें, वृत्तियाँ, मान्यताएँ) कर्मों का लेखा–जोखा, स्मृतियाँ (मेमोरिज़) आदि को अपने साथ लेकर नए स्थूल शरीर में जाती है। यदि ये कर्मों के बंधन, याददाश्त, संस्कार नए स्थूल शरीर में नहीं भी जाते तो सूक्ष्म शरीर के साथ ही अपनी यात्रा ज़ारी रखते हैं।

श्रीकृष्ण कहते हैं– 'जैसे वायु में कोई गंध घुल जाती है, वैसे ही शुद्ध जीवात्मा में ये टूल्स घुल–मिल जाते हैं। यानी जीवात्मा मूलतः शुद्ध होते हुए भी उन टूल्स के कारण वैसी ही नज़र आने लगती है। यह ऐसा ही है जैसे आप थोड़े शुद्ध जल में दूध डाल दें तो वह जल दूध से अलग होते हुए भी दूधिया बन जाता है और दूध ही लगने लगता है।'

श्रीकृष्ण आगे कहते हैं– 'उस धारण किए हुए नए शरीर में वह जीवात्मा पुराने पैटर्न या वृत्तियों के अनुसार ही सोचती, देखती–सुनती है,

इंद्रियों के द्वारा विषयों का सेवन करती है, पुराने पैटर्न से ही कर्म करती है। इसे ऐसे समझें, यदि आप कोई नई ड्रेस पहन लें तो क्या इससे आपकी सोच और कर्म बदल जाते हैं? नहीं न...! इसी तरह किसी भी शरीर में रहें, आप वैसे ही रहेंगे जैसे पहले थे।'

आप किसी भी धर्म के ग्रंथ को पढ़कर देख लें, किसी भी सत्संग में जाएँ या किसी भी महान संत के वचन सुनें, सभी एक बात ज़रूर कहते हैं– अपने कर्म सुधारो... अपनी आदतें सुधारो... अपने संस्कार बदलो, उन्हें श्रेष्ठ बनाओ... विकारों को जितनी जल्दी हो सके छोड़ दो...। क्या आपने किसी प्रवचन में यह सुना है कि अपने शरीर को चमकाओ, उसे श्रेष्ठ बनाओ... सुंदर बनाओ...? नहीं न...। कारण– जीवात्मा के साथ शरीर नहीं जाता मगर इंसान के कर्म, संस्कार और विकार, सोच, आदतें आदि जाते हैं। स्थूल शरीर कैसा भी हो एक दिन छूट ही जाएगा मगर आदतें, सोच और कर्म बिगड़ गए तो वे आगे की यात्रा में भी आपको परेशान और दुःखी ही करेंगे।

इसलिए जितनी जल्दी हो सके अपने मन की शुद्धि (पवित्रता) पर कार्य करना शुरू कर देना चाहिए। अपनी आदतें, सोच और कर्म सुधार लेने चाहिए।

10-11

श्लोक अनुवाद : परंतु– शरीर को छोड़कर जाते हुए को अथवा शरीर में स्थित हुए को अथवा विषयों को भोगते हुए को (इस प्रकार) तीनों गुणों से युक्त हुए को भी अज्ञानीजन नहीं जानते, (केवल) ज्ञानरूप नेत्रोंवाले (विवेकशील ज्ञानी ही) तत्त्व से जानते हैं।।१०।।

क्योंकि– यत्न करनेवाले योगीजन भी अपने हृदय में स्थित इस आत्मा को तत्व से जानते हैं; किन्तु जिन्होंने अपने अन्तःकरण को शुद्ध नहीं किया

अध्याय १५ : १०-११

है, (ऐसे) अज्ञानीजन (तो) यत्न करते रहने पर भी इस आत्मा को नहीं जानते।।११।।

गीतार्थ : जिस तरह दूध और शुद्ध जल को मिलाने पर उनका भेद मिट जाता है और उन्हें बिना किसी विशेष प्रोसेसिंग के अलग करना असंभव है, वैसे ही शुद्ध जल रूपी जीवात्मा (हमारे भीतर का सेल्फ) और प्रकृति से बने शरीर (मन, बुद्धि, स्मृति, संस्कार, आदतों आदि से युक्त शरीर) रूपी दूध में भेद जान पाना बहुत कठिन है। जीवात्मा और शरीर को अलग करके देखने की तकनीक को ही आत्मज्ञान, सांख्ययोग, ब्रह्मज्ञान, तत्त्वज्ञान आदि नामों से जाना जाता है।

संसार में जब कोई शरीर मरता है तो लोग कहते हैं– 'फलाँ व्यक्ति मर गया।' कोई यह नहीं कहता कि उस शरीर में रहनेवाली सूक्ष्म देह उसे छोड़कर आगे की यात्रा पर चली गई।' जो गिने-चुने लोग ऐसा कहते हैं, वे भी इसलिए क्योंकि उन्होंने ऐसा कहीं सत्संग में सुना होता है या पढ़ा होता है। लेकिन जब कोई उनका अपना प्रियजन मरता है तो वे ये सब ज्ञान भूलकर अज्ञानियों की भाँति ही दुःखी होते हैं और विलाप करते हैं। कारण उन्होंने ज्ञान सिर्फ सुना होता है, अनुभव में उतारा नहीं होता। जिन्होंने इस ज्ञान को व्यवहार में उतारा होता है, ऐसे ज्ञानीजन कभी किसी अपने या पराए की मृत्यु से विचलित नहीं होते। वे जानते हैं जीवात्मा सदा थी, है और रहेगी।

इसी बात को बताते हुए श्रीकृष्ण कहते हैं– 'शरीर को छोड़कर जाती हुई या तीनों गुणों से युक्त इस शरीर में स्थित हुई और विषयों को भोगी हुई वास्तविक जीवात्मा को अज्ञानीजन नहीं जानते। उसे तो केवल ज्ञानरूप नेत्रोंवाले विवेकशील ज्ञानी ही तत्त्व से जानते हैं और शरीर से अलग करके देखते हैं।' आगे श्रीकृष्ण एक बार पुनः प्यूरिटी ऑफ माईंड यानी मन की पवित्रता और शुद्धता पर ज़ोर डालते हुए कहते हैं– 'जिनका मन शुद्ध और पवित्र हुआ है, वे ही ज्ञानी लोग प्रयत्न करने पर उस जीवात्मा यानी स्वयं

को पहचान सकते हैं मगर जिनके मन में मैल है, जिनमें अहंकार, कामनाएँ, वासनाएँ शेष हैं, ऐसे ज्ञानीजन लाख प्रयत्नों के बाद भी उसे (सेल्फ) नहीं जान सकते।'

उपरोक्त आशय का तात्पर्य इस बात से है कि यदि आपको सत्य के मार्ग पर चलना है तो सबसे पहले अपने मन के मैल को धोना है, उसकी शुद्धता और पवित्रता बढ़ाने पर कार्य करना है। इसके लिए निरंतरता से अपने मन का अवलोकन करते रहें... देखें कहाँ-कहाँ मैल चिपका है, किस-किसके प्रति ईर्ष्या, नफरत, क्रोध आदि के नकारात्मक विचार चिपके हैं। उन्हें पकड़ें और पूरे भाव के साथ क्षमा प्रार्थना करें। यदि किसी को क्षमा करते हुए या किसी से क्षमा माँगते हुए मन में अवरोध आए तो स्वयं को याद दिलाएँ कि यह आप स्वयं के लिए कर रहे हैं, किसी और के लिए नहीं, यह आपकी ही ज़रूरत है। याद रखें, आपको हर ऐसे भाव, हर ऐसे विचार से मुक्त होना है, जो आपके आध्यात्मिक विकास में बाधा बन सकता है तभी स्वअनुभव पाने की संभावना खुलेगी।

मनन प्रश्न :

१. मनन करें, आपके शरीर की मृत्यु के बाद आप इस शरीर से कौन सी आदतें, विकार और मान्यताएँ साथ ले जाएँगे। इस पर भी मनन करें कि आप उनमें से किन-किन को साथ नहीं ले जाना चाहेंगे।

२. उन आदतों, विकारों, मान्यताओं और विचारों को इसी जीवन में बदलने या समाप्त करने का एक्शन प्लान (कार्य योजना) बनाएँ ताकि वे आपको आगे के जीवन में परेशान न करें।

भाग ४

तेज की महिमा

|| १२-१५ ||

अध्याय १५

यदादित्यगतं तेजो जगद्भासयतेऽखिलम्। यच्चन्द्रमसि यच्चाग्नौ तत्तेजो विद्धि मामकम् ।।१२।।

गामाविश्य च भूतानि धारयाम्यहमोजसा। पुष्णामि चौषधीः सर्वाः सोमो भूत्वा रसात्मकः।।१३।।

अहं वैश्वानरो भूत्वा प्राणिनां देहमाश्रितः। प्राणापानसमायुक्तः पचाम्यन्नं चतुर्विधम् ।।१४ ।।

सर्वस्य चाहं हृदि सन्निविष्टोमत्तः स्मृतिर्ज्ञानमपोहनं च। वेदैश्च सर्वैरहमेव वेद्योवेदान्तकृद्वेदविदेव चाहम् ।।१५।।

12-13

श्लोक अनुवाद : और हे अर्जुन!– सूर्य में स्थित जो तेज सम्पूर्ण जगत् को प्रकाशित करता है तथा जो तेज चन्द्रमा में है (और) जो अग्नि में है– उसको (तू) मेरा (ही) तेज जान।।१२।।

और मैं (ही) पृथ्वी में प्रवेश करके अपनी शक्ति से सब भूतों को धारण करता हूँ और रसस्वरूप अर्थात् अमृतमय चन्द्रमा होकर सम्पूर्ण ओषधियों को अर्थात् वनस्पतियों को पुष्ट करता हूँ।।१३।।

गीतार्थ : प्रस्तुत श्लोकों में श्रीकृष्ण अर्जुन को पुनः अपनी (सेल्फ) सर्वत्र उपस्थिति का बोध कराते हुए कहते हैं– 'सूर्य, चंद्रमा, अग्नि में जो तेज है, जिसकी वजह से वे प्रकाशित हो रहे हैं, वह तेज वास्तव में मैं (सेल्फ) ही हूँ...। मेरे ही तेज से यह संपूर्ण जगत् प्रकाशित हो रहा है।' जिस तरह एक कमरे में अलग-अलग बल्ब, ट्यूबलाइट, पंखे आदि लगे रहते हैं और हम कहते हैं, 'वह बल्ब जल रहा है, पंखा चल रहा है' मगर उन्हें चलानेवाली वास्तव में एक ही विद्युतधारा (करंट) है। इसी तरह सेल्फ ही इस पूरी सृष्टि का करंट है, जिससे सब कुछ चल रहा है। वह करंट ही वास्तव में ज़िंदा है... जीवन है, बाकी सभी भ्रम है, माया है।

श्रीकृष्ण आगे कहते हैं– 'मैं ही पृथ्वी में प्रवेश करके अपनी शक्ति से सब भूतों को धारण करता हूँ और रसस्वरूप होकर संपूर्ण औषधियों को अर्थात् वनस्पतियों को पुष्ट करता हूँ।' जो तेज रूपी करंट सूर्य में है वही पृथ्वी के भीतर भी भर रहा है। वही सूर्य की सोलर ऐनर्जी के रूप में संसार को जीवन दे रहा है और वही पृथ्वी के भीतर से पोषक तत्वों, जल आदि के रूप सभी जीव, जन्तुओं, वनस्पतियों को जीवन और शक्ति दे रहा है। जीवन का स्रोत एक ही है और वह वही एक है, जिसे कृष्ण कहें, अल्लाह कहें, एकम् कहें, सेल्फ कहें या परमचेतना कहें... एक ही बात है।

इसी परमसत्य को शब्दों में लाते हुए आत्मसाक्षात्कारी संत गुरुनानक ने कहा है– 'अव्वल अल्लाह नूर ऊपाया, कुदरत के सब बंदे, एक नूर ते सब जग उपजा, कौन भले कौन मंदे...।' अर्थात कुदरत के सभी जीव उसी एक चेतना के

अध्याय १५ : १४-१५

नूर से प्रकाशित हो रहे हैं, सभी एक ही हैं इसलिए कोई किसी से छोटा या बड़ा नहीं है।

14-15

श्लोक अनुवाद : तथा- मैं ही सब प्राणियों के शरीर में स्थित रहनेवाला प्राण और अपान से संयुक्त वैश्वानर अग्नि रूप होकर चार प्रकार के अन्न को पचाता हूँ।।१४।।

मैं ही सब प्राणियों के हृदय में अन्तर्यामी रूप से स्थित हूँ, तथा मुझसे ही स्मृति, ज्ञान और अपोहन होता है और सब वेदों द्वारा मैं ही जानने के योग्य हूँ (तथा) वेदान्त का कर्ता और वेदों को जाननेवाला भी मैं ही हूँ।।१५।।

गीतार्थ : पिछले दो श्लोकों में श्रीकृष्ण ने बताया कि सेल्फ ही चारों ओर से (स्पेस, वायु), ऊपर (सूर्य) से और नीचे (पृथ्वी) से अलग-अलग ऊर्जा के रूप में सब तरह के जीवों को जीवन देता है। इन दो श्लोकों में वे बता रहे हैं कि सेल्फ कैसे जीव के अंदर स्थित होकर उसको चलाता है।

हमें ज़िंदा रहने के लिए प्रकृति के जिस तत्व की सबसे ज़्यादा ज़रूरत होती है, वह है हवा या वायु। इसे ग्रहण किए बिना हम कुछ मिनट भी जीवित नहीं रह सकते। इसी वायु में सेल्फ जीवन (ऐनर्जी) के रूप में रहता है, जिसे प्राणवायु, प्राणिक ऐनर्जी या प्राण भी कहते हैं। जैसे एक जीव जब साँस लेता है तो उसके साथ यह प्राणदायिनी वायु शरीर के अंदर ग्रहण करता है। वही वायु मुख्यतः पाँच प्रकार की वायु में विभक्त होती है। जो हैं- व्यान, समान, अपान, उदान और प्राण।

प्राण अथवा ऊर्जा के इन्हीं रूपों के कारण इंसान ज़िंदा रहता है, उसमें चेतना रहती है। हर तरह की वायु ने जीव के शरीर में अलग-अलग डिपार्टमेंट सँभाल रखे हैं। हमारी स्मृतियों (मेमोरी) का संरक्षण, भोजन का पाचन, खून और ऑक्सीजन का संचालन आदि सभी कार्य प्राणवायु ही करती है।

अध्याय १५ : १४-१५

प्राणवायु मूलतः खून में प्रवाहित होती है। अपानवायु शरीर के निचले अंगों (पाचक तंत्र, प्रजनन तंत्र) में प्रवाहित होती है। यह शरीर के पाचक रसों में रहती है। श्रीकृष्ण कहते हैं– 'मैं ही प्राण-अपान वायु से मिलकर वैश्वानर अग्नि (खाना पचानेवाली अग्नि जिसे जठराग्नि भी कहा जाता है) के रूप में चारों प्रकार का अन्न पचाता हूँ।

भक्ष्य, भोज्य, लेह्य और चोष्य– ऐसे चार प्रकार के अन्न होते हैं। उनमें जो चबाकर खाया जाता है, उसे भक्ष्य कहते हैं– जैसे रोटी आदि। जो निगला जाता है, वह भोज्य है– जैसे दूध, पानी, दही आदि। जो चाटा जाता है, वह लेह्य कहलाता है– जैसे चटनी आदि। जो चूसा जाता है, वह चोष्य है– जैसे गन्ना आदि। इस तरह हर प्रकार का अन्न हमारे भीतर जो शक्ति पचाती है, जिसके कारण वह अन्न ऊर्जा में परिवर्तित होकर हमारे शरीर का संचालन करता है, वह शक्ति भी सेल्फ ही है।

आगे श्रीकृष्ण कहते हैं– 'मैं ही सब प्राणियों के हृदय में अन्तर्यामी (सब जगह व्याप्त होने के बावजूद दिखाई न देनेवाला) रूप से स्थित हूँ। तथा मुझसे ही स्मृति, ज्ञान और अपोहन होता है।' यहाँ स्मृति का अर्थ है मेमोरी या याददाश्त।

विचार के द्वारा बुद्धि में रहनेवाले संशय, नासमझी आदि दोषों को हटाने का नाम 'अपोहन' है। सही की समझ पाने का नाम ज्ञान है। हमारे भीतर ये सभी क्रियाएँ उस सेल्फ की उपस्थिति के कारण ही संभव हो रहे हैं।

श्रीकृष्ण आगे कहते हैं– 'संसार में जितने भी वेद या ज्ञान के ग्रंथ हैं, वे मुझ सेल्फ को जानने हेतु ही बने हैं। उन्हें पढ़कर, समझकर जो अंतिम सत्य प्राप्त होता है वह मैं ही हूँ। वेदों को बनानेवाला, उन्हें पढ़ानेवाला और उन्हें पढ़नेवाला भी मैं ही हूँ, मेरे सिवाय दूसरा कोई नहीं है क्योंकि सभी मेरे ही रूप हैं, मेरी ही विभूति हैं।'

अध्याय १५ : १४-१५

● **मनन प्रश्न :**

१. यह भाग पढ़ने से पहले क्या आप दूसरे इंसानों को खुद से ऊपर या नीचे महसूस करते थे? इस भाग में मिली समझ के बाद उस भावना में क्या परिवर्तन आया है?

२. रोज़ कुछ समय के लिए अभ्यास करें– जिस भी गतिमान वस्तु या जीव पर नज़र पड़े, स्वयं से पूछें– 'ये किसके तेज से चल रहा है?' उत्तर में स्वयं को याद दिलाएँ– 'यह एक ही कृष्ण (सेल्फ) के तेज से चल रहा है।'

भाग ५

उत्तम पुरुष पुरुषोत्तम योग

॥ १६-२० ॥

अध्याय १५

प्रद्वाविमौ पुरुषौ लोके क्षरश्चाक्षर एव च । क्षरः सर्वाणि भूतानि कूटस्थोऽक्षर उच्यते ।।१६।।

उत्तमः पुरुषस्त्वन्यः परमात्मेत्युदाहृतः । यो लोकत्रयमाविश्य बिभर्त्यव्यय ईश्वरः ।।१७।।

यस्मात्क्षरमतीतोऽहमक्षरादपि चोत्तमः । अतोऽस्मि लोके वेदे च प्रथितः पुरुषोत्तमः ।।१८।।

यो मामेवमसम्मूढो जानाति पुरुषोत्तमम् । स सर्वविद्भजति मां सर्वभावेन भारत।।१९।।

इति गुह्यतमं शास्त्रमिदमुक्तं मयानघ। एतद्बुद्ध्वा बुद्धिमान्स्यात्कृतकृत्यश्च भारत।।२०।।

16

श्लोक अनुवाद : तथा हे अर्जुन!– इस संसार में नाशवान 'क्षर' और अविनाशी 'अक्षर' भी– ये दो प्रकार के पुरुष हैं। इनमें सम्पूर्ण भूतप्राणियों के शरीर तो नाशवान और जीवात्मा अविनाशी कहा जाता है।।१६।।

गीतार्थ : वैसे तो संपूर्ण सृष्टि और सृष्टि से परे जो भी है वह एक ही तत्व (सेल्फ) है, फिर भी हमें समझाने के लिए श्रीकृष्ण रूपी सेल्फ ने मोटे तौर पर स्वयं को दो भागों में विभक्त करके बताया है।

अध्याय ७ श्लोक ४-५ में उन्होंने इन दों भागों को अपरा और परा प्रकृति के नाम से बताया है। पृथ्वी, जल, अग्नि, वायु, आकाश, मन, बुद्धि और अहंकार ऐसे आठ प्रकार से विभाजित सेल्फ की अपरा या जड़ प्रकृति है। जिससे यह संपूर्ण जगत् धारण किया जाता है, वह चेतन जीवात्मा परा या चेतन प्रकृति है। इन्हीं दो भागों को अध्याय १३ में जो 'क्षेत्र और क्षेत्रज्ञ एवं 'पुरुष और प्रकृति' के नाम से बताया गया है। उन्हीं दोनों को इस श्लोक में 'क्षर और अक्षर' के नाम से वर्णन किया गया है।

इस प्रकार परा, क्षेत्रज्ञ, उत्तम पुरुष, चैतन्य, मायापति, अक्षर... ये सभी शुद्ध चैतन्य जीवात्मा के नाम हैं, जो शरीर धारण करती है। अपरा, प्रकृति, क्षेत्र, क्षर... आदि ये सभी उस ड्रेस रूपी जीव के नाम के नाम हैं, जिन्हें वह शुद्ध जीवात्मा धारण करती है। श्रीकृष्ण कहते हैं– 'हे अर्जुन! यह शरीर जो 'क्षर' नाम से कहा जाता है, वह नाशवान है। जो इस नाशवान शरीर के भीतर इसे चलानेवाली शुद्ध चैतन्य जीवात्मा है, जिसे 'क्षेत्रज्ञ या अक्षर' कहा गया है, वह अविनाशी है। तू वही है अतः उसी को जान और उसी में स्थापित हो।'

17-18

श्लोक अनुवाद : तथा इन दोनों से उत्तम पुरुष तो अन्य ही है, जो तीनों लोकों में प्रवेश करके सबका धारण–पोषण करता है (एवं) अविनाशी परमेश्वर (और) परमात्मा इस प्रकार कहा गया है।।१७।।

अध्याय १५ : १७-१८

क्योंकि मैं नाशवान् जड़वर्ग क्षेत्र से (तो सर्वथा) अतीत हूँ और अविनाशी जीवात्मा से भी उत्तम हूँ, इसलिए लोक में और वेद में (भी) पुरुषोत्तम नाम से प्रसिद्ध हूँ।।१८।।

गीतार्थ : प्रस्तुत श्लोक में श्रीकृष्ण के कहने का तात्पर्य यह है कि मूलतः जीवात्मा (सेल्फ का अंश) भी सेल्फ है और जीव (सेल्फ की प्रकृति) भी सेल्फ है। फिर भी मूल सेल्फ इन दोनों (जीवात्मा और जीव) से ऊपर है और वही परमेश्वर, परमात्मा और उत्तम पुरुषोत्तम के नाम से जाना जाता है। अब यहाँ संशय उत्पन्न हो सकता है कि सेल्फ, सेल्फ से बेहतर कैसे...?

इसे एक उदाहरण द्वारा समझा जा सकता है। एक घर के ऊपर पानी का टैंक है, जहाँ शुद्ध पानी भरा होता है। उसी टैंक से वह शुद्ध पानी घर के अलग-अलग नलों में जाता है। रसोईघर के नल में, स्नानघर के नल में और शौचालय के नल में भी...। पानी तो वही एक है फिर भी रसोईघर के पानी को शुद्ध मानकर उसमें खाना बनाया जाता है। कोई स्नानघर या शौचालय के पानी का प्रयोग खाना बनाने में नहीं करता...। पानी एक ही होते हुए नलों की जगह के फर्क के कारण कहीं न कहीं पानी की शुद्धता पर भी फर्क पड़ा है।

जब एक शुद्ध जीवात्मा सृष्टि के रंगमंच पर आती है और अपनी कास्ट्यूम (शरीर) धारण कर कोई भूमिका निभाती है तो कुछ समय बाद वह उसमें इतनी रम जाती है कि स्वयं को वही मानकर जीने लगती है। वह अपनी भूमिका में इतनी लिप्त हो जाती है कि अपना वास्तविक स्वरूप और पहचान भूल जाती है। इस तरह सेल्फ भी बंधनों में बँध जाता है। बँधे हुए सेल्फ से श्रेष्ठ निश्चय ही निर्लिप्त सेल्फ है। श्रीकृष्ण के कहने का यही तात्पर्य यह है कि हालाँकि जीवात्मा (बंधनों में बँधा सेल्फ) और जीव (सेल्फ की लीला) दोनों मूलतः मैं ही हूँ। फिर भी मैं जिस शुद्ध निर्लिप्त चैतन्य रूप में इन दोनों से उत्तम हूँ... श्रेष्ठ हूँ। मेरे उस उत्तम मूल स्वरूप को ही वेदों में पुरुषोत्तम कहा गया है। मैं वही उत्तम पुरुष पुरुषोत्तम हूँ।

अध्याय १५ : १९-२०

19-20

श्लोक अनुवाद : हे भारत! जो ज्ञानी पुरुष मुझको इस प्रकार (तत्व से) पुरुषोत्तम जानता है, वह सर्वज्ञ पुरुष सब प्रकार से निरन्तर मुझ वासुदेव परमेश्वर को ही भजता है।।१९।।

हे निष्पाप अर्जुन! इस प्रकार यह अति रहस्ययुक्त गोपनीय शास्त्र मेरे द्वारा कहा गया, इसको तत्व से जानकर (मनुष्य) ज्ञानवान् और कृतार्थ हो जाता है।।२०।।

गीतार्थ : यदि आप किसी भी धर्म की पुरानी परंपरा में देखें तो लोग एक दूसरे का अभिवादन करते समय 'हाय-हैलो' नहीं बल्कि उसका ईश्वर के नाम से अभिवादन किया करते थे। जैसे राम-राम, जय श्री कृष्ण...जय श्रीराम आदि। ऐसा करने के पीछे यही समझ थी कि वे उस शरीर को नहीं बल्कि उसमें रहनेवाले ईश्वर तत्व (जीवात्मा) का अभिवादन कर रहे हैं। जिन्होंने भी ये परंपराएँ बनाईं, वे जीवात्मा के सत्य को जानते थे और चाहते थे कि अगली पीढ़ियाँ भी इसे जानें। मगर आज यह समझ गायब होती जा रही है, जिसे आप इस पुस्तक के ज़रिए प्राप्त कर रहे हैं। अत: जिससे भी मिलें, चाहे मुँह से 'हाय' ही कहें मगर समझ यह रखें कि किसे हाय (उच्च) कह रहे हैं। सामने दिख रहे शरीर का नहीं बल्कि उसमें स्थित जीवात्मा रूपी सेल्फ का अभिवादन करें।

श्रीकृष्ण कहते हैं- 'हे अर्जुन! जो ज्ञानी जन तत्व से मुझ पुरुषोत्तम को जानता है, वह सब प्रकार से निरंतर मुझ वासुदेव परमेश्वर को ही भजता है।' क्योंकि वह सभी में उस रब को ही देखता है। उसकी दृष्टि में कोई दूसरा है ही नहीं। वे आगे कहते हैं- 'सेल्फ का यह रहस्य बड़ा गोपनीय ज्ञान है, भक्ति होते हुए भी ज़्यादातर लोग इसे नहीं जान पाते।' कारण- वे अध्यात्म के नाम पर संसार में फैले गलत धार्मिक कर्मकाण्डों और मान्यताओं में ही

उलझे रहते हैं, उससे आगे बढ़ ही नहीं पाते। यदि गीता भी पढ़ते हैं तो बस किसी धार्मिक अनुष्ठान की तरह, उसकी समझ पर मनन ही नहीं करते। आगे श्रीकृष्ण कहते हैं- 'यदि कोई गीता की समझ पर मनन करे तो वह निश्चय ही इस ज्ञान को तत्व से जानकर ज्ञानवान और कृतार्थ हो जाता है।'

● **मनन प्रश्न और कार्य योजना :**

१. मनन करें, किसी से मिलने पर क्या आप सामनेवाले में उस शुद्ध चेतना के दर्शन कर पाते हैं?

२. आज जिसका भी अभिवादन (हाय, हैलो, नमस्ते) करें, उसे सेल्फ समझकर पूरे आदर और भाव के साथ अभिवादन करें। यह समझ रखें कि इस समय ईश्वर आपके सामने खड़ा है।

सरश्री अल्प परिचय

स्वीकार मुद्रा

सरश्री की आध्यात्मिक खोज का सफर उनके बचपन से प्रारंभ हो गया था। इस खोज के दौरान उन्होंने अनेक प्रकार की पुस्तकों का अध्ययन किया। अपने आध्यात्मिक अनुसंधान के दौरान उन्होंने लगभग सभी ध्यान पद्धतियों का भी अभ्यास किया। उनकी इसी खोज ने उन्हें कई वैचारिक और शैक्षणिक संस्थानों की ओर बढ़ाया। जीवन का रहस्य समझने के लिए उन्होंने **एक लंबी अवधि तक मनन करते हुए अपनी खोज जारी रखी, जिसके अंत में उन्हें आत्मबोध प्राप्त हुआ।** आत्मसाक्षात्कार के बाद उन्होंने जाना कि **अध्यात्म का हर मार्ग जिस कड़ी से जुड़ा है वह है- समझ (अंडरस्टैण्डिंग)।** उसके बाद उन्होंने अपने तत्कालीन अध्यापन कार्य को विराम लगाते हुए, लगभग दो दशकों से भी अधिक समय अपना समस्त जीवन मानव कल्याण के आध्यात्मिक विकास हेतु अर्पण किया है।

सरश्री कहते हैं, 'सत्य के सभी मार्गों की शुरुआत अलग-अलग प्रकार से होती है लेकिन सभी के अंत में एक ही समझ प्राप्त होती है। **'समझ' ही सब कुछ है और यह 'समझ' अपने आपमें पूर्ण है।** आध्यात्मिक ज्ञान प्राप्ति के लिए इस 'समझ' का श्रवण ही पर्याप्त है।' इसी समझ को उजागर करने के लिए उन्होंने आज तक **तीन हज़ार से अधिक आध्यात्मिक विषयों पर प्रवचन दिए हैं,** जिनके द्वारा वे अध्यात्म की गहरी संकल्पनाएँ सीधे और व्यावहारिक रूप में समझाते हैं। समाज के हर स्तर का इंसान सरश्री द्वारा बताई जा रही समझ का लाभ ले सकता है।

यह समझ हरेक को अपने अनुभव से प्राप्त हो इसलिए सरश्री ने '**महाआसमानी परम ज्ञान शिविर**' और उसके लिए आवश्यक कार्यप्रणाली (सिस्टम) की रचना की है, **जिसका लाभ लाखों खोजी ले रहे हैं।** यह व्यवस्था आय.एस.ओ. (ISO 9001:2015) प्रमाणित है, जिसने अनेक लोगों को सत्य की राह पर चलने की प्रेरणा दी है। इसी समझ के प्रचार और प्रसार के लिए उन्होंने 'तेजज्ञान फाउण्डेशन' नामक आध्यात्मिक संस्था की नींव रखी है। इस संस्था का मुख्य उद्देश्य है- '**हॅपी थॉट्स द्वारा उच्चतम विकसित समाज का निर्माण**'।

विश्व का हर इंसान आज सरश्री के मार्गदर्शन का लाभ ले सकता है, जिसके लिए किसी भी धर्म, जाति, उपजाति, वर्ण, पंथ, रंग या लिंग का बंधन नहीं है। विश्व के हर कोने में बसे लोग आज तेजज्ञान की इस अनूठी ज्ञान प्रणाली (System for Wisdom) का लाभ ले रहे हैं। इस व्यवस्था के एक हिस्से के रूप में **लाखों लोग रोज़ सुबह और रात को ९ बजकर ९ मिनट पर विश्व शांति के लिए प्रार्थना करते हैं।**

सरश्री को **बेस्टसेलर पुस्तक 'विचार नियम' श्रृंखला के रचनाकार** के रूप में भी जाना जाता है, जिसकी **१ करोड़ से ज़्यादा प्रतियाँ केवल ५ सालों** में वितरित हो चुकी हैं। इसके अलावा उन्होंने विविध विषयों पर **१०० से अधिक पुस्तकों का लेखन** किया है, जिनमें से 'विचार नियम', 'स्वसंवाद का जादू', 'स्वयं का सामना', 'स्वीकार का जादू', 'निःशब्द संवाद का जादू', 'संपूर्ण ध्यान' आदि पुस्तकें बेस्टसेलर बन चुकी हैं। ये पुस्तकें दस से अधिक भाषाओं में अनुवादित की जा चुकी हैं और प्रमुख प्रकाशकों द्वारा प्रकाशित की गई हैं, जैसे पेंगुइन बुक्स, जैको बुक्स, मंजुल पब्लिशिंग हाऊस, प्रभात प्रकाशन, राजपाल ऍण्ड सन्स, पेंटागॉन प्रेस, सकाळ प्रकाशन इत्यादि।

तेजज्ञान फाउण्डेशन – परिचय

तेजज्ञान फाउण्डेशन आत्मविकास से आत्मसाक्षात्कार प्राप्त करने का एक रास्ता है। इसके लिए सरश्री द्वारा एक अनूठी बोध पद्धति (System for Wisdom) का सृजन हुआ है। इस पद्धति को अन्तर्राष्ट्रीय मानक ISO 9001:2015 के आवश्यकताओं एवं निर्देशों के अनुरूप ढालकर सरल, व्यावहारिक एवं प्रभावी बनाया गया है।

इस संस्था की बोध पद्धति के विभिन्न पहलुओं (शिक्षण, निरीक्षण व गुणवत्ता) को स्वतंत्र गुणवत्ता परीक्षकों (Quality Auditors) द्वारा क्रमबद्ध तरीके से जाँचा गया। जिसके बाद इन पहलुओं को ISO 9001:2015 के अनुरूप पाकर, इस बोध पद्धति को प्रमाणित किया गया है।

फाउण्डेशन का लक्ष्य आपको नकारात्मक विचार से सकारात्मक विचार की ओर बढ़ाना है। सकारात्मक विचार से शुभ विचार यानी हॅपी थॉट्स (विधायक आनंदपूर्ण विचार) और शुभ विचार से निर्विचार की ओर बढ़ा जा सकता है। निर्विचार से ही आत्मसाक्षात्कार संभव है। शुभ विचार (Happy Thoughts) यानी यह विचार कि 'मैं हर विचार से मुक्त हो जाऊँ।' शुभ इच्छा यानी यह इच्छा कि 'मैं हर इच्छा से मुक्त हो जाऊँ।'

ज्ञान का अर्थ है सामान्य ज्ञान लेकिन तेजज्ञान यानी वह ज्ञान जो ज्ञान व अज्ञान के परे है। कई लोग सामान्य ज्ञान की जानकारी को ही ज्ञान समझ लेते हैं लेकिन असली ज्ञान और जानकारी में बहुत अंतर है। आज लोग सामान्य ज्ञान के जवाबों को ज़्यादा महत्त्व देते हैं। उदाहरण के तौर पर कर्म और भाग्य, योग और प्राणायाम, स्वर्ग और नर्क इत्यादि। आज के युग में सामान्य ज्ञान प्रदान करनेवाले लोग और शिक्षक कई मिल जाएँगे मगर इस ज्ञान को पाकर जीवन में कोई बड़ा परिवर्तन नहीं होता। यह ज्ञान या तो केवल बुद्धि विलास है या फिर अध्यात्म के नाम पर बुद्धि का व्यायाम है।

सभी समस्याओं का समाधान है– तेजज्ञान। भय से मुक्ति, चिंतारहित व क्रोध से आज़ाद जीवन है– तेजज्ञान। शारीरिक, मानसिक, सामाजिक, आर्थिक और आध्यात्मिक उन्नति के लिए है– तेजज्ञान। तेजज्ञान आपके अंदर है, आएँ और इसे पाएँ।

यदि आप ऐसा ज्ञान चाहते हैं, जो सामान्य ज्ञान के परे हो, जो हर समस्या

का समाधान हो, जो सभी मान्यताओं से आपको मुक्त करे, जो आपको ईश्वर का साक्षात्कार कराए, जो आपको सत्य पर स्थापित करे तो समय आ गया है तेजज्ञान को जानने का। समय आ गया है शब्दोंवाले सामान्य ज्ञान से उठकर तेजज्ञान का अनुभव करने का।

अब तक अध्यात्म के अनेक मार्ग बताए गए हैं। जैसे जप, तप, मंत्र, तंत्र, कर्म, भाग्य, ध्यान, ज्ञान, योग और भक्ति आदि। इन मार्गों के अंत में जो समझ, जो बोध प्राप्त होता है, वह एक ही है। सत्य के हर खोजी को अंत में एक ही समझ मिलती है और इस समझ को सुनकर भी प्राप्त किया जा सकता है। उसी समझ को सुनना यानी तेजज्ञान प्राप्त करना है। तेजज्ञान के श्रवण से सत्य का साक्षात्कार होता है, ईश्वर का अनुभव होता है। यही तेजज्ञान सरश्री महाआसमानी परम ज्ञान शिविर में प्रदान करते हैं।

महाआसमानी परम ज्ञान शिविर परिचय और लाभ (निवासी)

क्या आपको उच्चतम आनंद पाने की इच्छा है? ऐसा आनंद, जो किसी कारण पर निर्भर नहीं है, जिसमें समय के साथ केवल बढ़ोतरी ही होती है। क्या आप इसी जीवन में प्रेम, विश्वास, शांति, समृद्धि और परमसंतुष्टि पाना चाहते हैं? क्या आप शारीरिक, मानसिक, सामाजिक, आर्थिक और आध्यात्मिक इन सभी स्तरों पर सफलता हासिल करना चाहते हैं? क्या आप 'मैं कौन हूँ' इस सवाल का जवाब अनुभव से जानना चाहते हैं।

यदि आपके अंदर इन सवालों के जवाब जानने की और 'अंतिम सत्य' प्राप्त करने की प्यास जगी है तो तेजज्ञान फाउण्डेशन द्वारा आयोजित 'महाआसमानी परम ज्ञान शिविर' में आपका स्वागत है। यह शिविर पूर्णतः सरश्री की शिक्षाओं पर आधारित है। सरश्री आज के युग के आध्यात्मिक गुरु और 'तेजज्ञान फाउण्डेशन' के संस्थापक हैं, जो अत्यंत सरलता से आज की लोकभाषा में आध्यात्मिक समझ प्रदान करते हैं।

महाआसमानी परम ज्ञान शिविर का उद्देश्य :

इस शिविर का उद्देश्य है, 'विश्व का हर इंसान 'मैं कौन हूँ' इस सवाल का

जवाब जानकर सर्वोच्च आनंद में स्थापित हो जाए।' उसे ऐसा ज्ञान मिले, जिससे वह हर पल वर्तमान में जीने की कला प्राप्त करे। भूतकाल का बोझ और भविष्य की चिंता इन दोनों से वह मुक्त हो जाए। हर इंसान के जीवन में स्थायी खुशी, सही समझ और समस्याओं को विलीन करने की कला आ जाए। मनुष्य जीवन का उद्देश्य पूर्ण हो।

'मैं कौन हूँ? मैं यहाँ क्यों हूँ? मोक्ष का अर्थ क्या है? क्या इसी जन्म में मोक्ष प्राप्ति संभव है?' यदि ये सवाल आपके अंदर हैं तो महाआसमानी परम ज्ञान शिविर इसका जवाब है।

महाआसमानी परम ज्ञान शिविर के मुख्य लाभ :

इस शिविर के लाभ तो अनगिनत हैं मगर कुछ मुख्य लाभ इस प्रकार हैं–

* जीवन में दमदार लक्ष्य प्राप्त होता है।
* 'मैं कौन हूँ' यह अनुभव से जानना (सेल्फ रियलाइजेशन) होता है।
* मन के सभी विकार विलीन होते हैं।
* भय, चिंता, क्रोध, बोरडम, मोह, तनाव जैसी कई नकारात्मक बातों से मुक्ति मिलती है।
* प्रेम, आनंद, मौन, समृद्धि, संतुष्टि, विश्वास जैसे कई दिव्य गुणों से युक्ति होती है।
* सीधा, सरल और शक्तिशाली जीवन प्राप्त होता है।
* हर समस्या का समाधान प्राप्त करने की कला मिलती है।
* 'हर पल वर्तमान में जीना' यह आपका स्वभाव बन जाता है।
* आपके अंदर छिपी सभी संभावनाएँ खुल जाती हैं।
* इसी जीवन में मोक्ष (मुक्ति) प्राप्त होता है।

महाआसमानी परम ज्ञान शिविर में भाग कैसे लें?

इस शिविर में भाग लेने के लिए आपको कुछ खास माँगें पूरी करनी होती हैं। जैसे–

१) आपकी उम्र कम से कम अठारह साल या उससे ऊपर होनी चाहिए।

२) आपको सत्य स्थापना शिविर (फाउण्डेशन ट्रुथ रिट्रीट) में भाग लेना होगा, जहाँ आप सीखेंगे- वर्तमान के हर पल को कैसे जीया जाए और निर्विचार दशा में कैसे प्रवेश पाएँ।

३) आपको कुछ प्राथमिक प्रवचनों में उपस्थित होना है, जहाँ आप बुनियादी समझ आत्मसात कर, महाआसमानी परम ज्ञान शिविर के लिए तैयार होते हैं।

यह शिविर साल में पाँच या छह बार आयोजित होता है, जिसका लाभ हज़ारों खोजी उठाते हैं। इस शिविर की तैयारी आगे दिए गए स्थानों पर कराई जाती है। पुणे, मुंबई, दिल्ली, सांगली, सातारा, जलगाँव, अहमदाबाद, कोल्हापुर, नासिक, अहम दनगर, औरंगाबाद, सूरत, बरोडा, नागपुर, भोपाल, रायपुर, चेन्नई, वर्धा, अमरावती, चंद्रपुर, यवतमाल, रत्नागिरी, लातूर, बीड, नांदेड, परभणी, पनवेल, ठाणे, सोलापुर, पंढरपुर, अकोला, बुलढाणा, धुले, भुसावल, बैंगलोर, बेलगाम, धारवाड, भुवनेश्वर, कोलकत्ता, राँची, लखनऊ, कानपुर, चंदीगढ़, जयपुर, पणजी, म्हापसा, इंदौर, इटारसी, हरदा, विदिशा, बुरहानपुर।

आप महाआसमानी की तैयारी फाउण्डेशन में उपलब्ध सरश्री द्वारा रचित पुस्तकों, सी.डी. और कैसेटस् सुनकर कर सकते हैं। इसके अलावा आप टी.वी., रेडियो और यू ट्यूब पर सरश्री के प्रवचनों का लाभ भी ले सकते हैं मगर याद रहे, ये पुस्तकें, कैसेट, टी.वी., रेडियो और यू ट्यूब के प्रवचन शिविर का परिचय मात्र है, तेजज्ञान नहीं। आप महाआसमानी परम ज्ञान शिविर में भाग लेकर ही तेजज्ञान का आनंद ले सकते हैं। आगामी महाआसमानी परम ज्ञान शिविर में अपना स्थान आरक्षित करने के लिए संपर्क करें : 09921008060/75, 9011013208

महाआसमानी परम ज्ञान शिविर स्थान :

यह शिविर पुणे में स्थित मनन आश्रम पर आयोजित किया जाता है। इस शिविर के लिए भोजन और रहने की व्यवस्था की जाती है। यदि आपको कोई शारीरिक बीमारी है और आप नियमित रूप से दवाई ले रहे हैं तो कृपया अपनी दवाइयाँ साथ में लेकर आएँ। वातावरण अनुसार गरम कपड़े, स्वेटर, ब्लैंकेट आदि भी लाएँ।

'मनन आश्रम' पुणे शहर के बाहरी क्षेत्र में पहाड़ों और निसर्ग के असीम सौंदर्य के बीच बसा हुआ है। इस आश्रम में पुरुषों और महिलाओं के लिए अलग-अलग, कुल मिलाकर 700 से 800 लोगों के रहने की व्यवस्था है। यह आश्रम पुणे शहर

से 17 किलो मीटर की दूरी पर है। हवाई अड्डा, हाइवे और रेल्वे से पुणे आसानी से आ-जा सकते हैं।

मनन आश्रम : मनन आश्रम, पुणे, सर्वे नं. ४३, सनस नगर, नांदोशी गाँव, किरकट वाडी फाटा, तहसील - हवेली, जिला : पुणे - ४११०२४. फोन : 09921008060

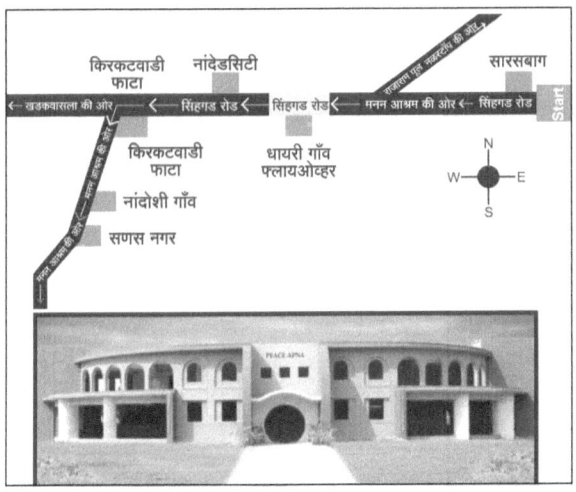

N
W
E

अब एक क्लिक पर ही शिविर का रजिस्ट्रेशन !

तेजज्ञान फाउण्डेशन की इन शिविरों के लिए
अब आप ऑनलाईन रजिस्ट्रेशन भी कर सकते हैं-

* महाआसमानी परम ज्ञान शिविर परिचय और लाभ (पाँच दिवसीय निवासी शिविर)
* मैजिक ऑफ अवेकनिंग (केवल अंग्रेजी भाषा जाननेवालों के लिए तीन दिवसीय निवासी शिविर)
* मिनी महाआसमानी (निवासी) शिविर, युवाओं के लिए

रजिस्ट्रेशन के लिए आज ही लॉग इन करें

www.tejgyan.org

सरश्री द्वारा रचित श्रेष्ठ पुस्तकें

Total Pages- 192
Price - 100/-

क्षमा का जादू
क्षमा माँगने की क्षमता को जानकर, हर दुःख से मुक्ति पाएँ

क्या आप स्वयं से प्रेम करते हैं? क्या आप हमेशा खुश रहना चाहते हैं? क्या आप अपने पारिवारिक, सामजिक, व्यावसायिक रिश्तों को मधुर और मजबूत बनाना चाहते हैं? यदि 'हाँ' तो आपको बस एक ही शब्द कहना सीखना है, 'सॉरी' यानी 'मुझे माफ करें'। सॉरी, क्षमा, माफी... भाषा चाहे कोई भी हो, पूरे दिल से माँगी गई माफी आपके जीवन में चमत्कार कर सकती है। प्रस्तुत पुस्तक में आप सीखेंगे-

* क्षमा कब, किससे और कैसे माँगे? * दूसरों को क्यों और कैसे माफ करें? * अपने सभी कर्मबंधनों को क्षमा के द्वारा कैसे मिटाएँ?* क्षमा के द्वारा सुख-दुःख के पार पहुँचकर सदा आनंदित कैसे रहें?

Total Pages- 272
Price - 170/-

स्वयं का सामना
हरक्युलिस की आंतरिक खोज

प्रस्तुत पुस्तक में न्याय, स्वास्थ्य, खुशी और रिश्तों पर अनोखी समझ देनेवाली अद्भुत खोज की प्रणाली दी गई है, जो व्यक्तित्व विकास के लिए एक महत्वपूर्ण रचना है। इस पुस्तक में एक अनोखे ढंग से आत्मपरीक्षण तथा आत्मदर्शन करवाया गया है। हँसते-खेलते छोटे-छोटे कथानकों के माध्यम से इस सत्य को प्रकाश में लाया गया है कि किस तरह से दूसरों के प्रति की गई शिकायत की जड़ हमारे अंदर ही छिपी होती है। पुस्तक में भिन्न-भिन्न किरदारों द्वारा जीवन में होनेवाली उन सामान्य घटनाओं पर खोज करवाई गई है, जो आए दिन उन्हें दुःख देती रहती हैं।

Total Pages- 176
Price - 135/-

इमोशन्स पर जीत
दुःखद भावनाओं से मुलाकात कैसे करें

आज लोग आय.क्यू. का महत्त्व तो समझते हैं परंतु इ.क्यू. (इमोशनल कोशंट) का महत्त्व उससे अधिक है, यह कम लोग जानते हैं। भावनाओं से मुक्ति पाने के दो ही तरीके इंसान ने सीखे हैं– एक है उन्हें निगलना और दूसरा है उगलना। जबकि भावनाओं को मुक्त करने के अनेक अचूक तरीके हैं, जो इस पुस्तक में आपको बताए गए हैं। अपनी भावनाओं को दुश्मन नहीं, दोस्त बनाने के लिए पढ़ें... *दुःखद भावनाओं से मुक्ति का मार्ग *क्या रोना अच्छा है या कमज़ोरी है *असुरक्षा की भावना से मुक्ति कैसे मिले *भावनाओं को मुक्त करने के चार योग्य तरीके *भावनाओं से मुलाकात करने के चार उच्चतम तरीके *भावनाओं को अभिव्यक्त करने के सच्चे तरीके...

Total Pages- 248
Price - 150/-

मोक्ष
अंतिम सफलता का राजमार्ग

मोक्ष की प्रचलित संकल्पनाओं को भेदनेवाली, मनुष्य के जीवन का सत्य बतानेवाली, मोक्ष जैसे अछूते और क्लिष्ट विषय को उजागर करनेवाली और पाठकों (साधक) का जीवन परिवर्तन करनेवाली पुस्तक है 'मोक्ष'। मोक्ष यानी मुक्ति... भय से, चिंता से, शारीरिक बंधनों से भी... मोक्ष के बाद केवल आनंद ही होता है। शब्दों में बयान न किया जानेवाला मगर हर क्षण अनुभव के तौर पर जाननेवाला, जीवन व्याप्त करनेवाला – तेजआनंद। इसी कारण मोक्ष है, सुखी जीवन की कुंजी (गुरुकिल्ली) और अलौकिक सफलता का राजमार्ग। यह तेज सफलता, तेजआनंद, सुखी जीवन यानी मोक्ष कैसे प्राप्त करना है? मोक्ष हमारे जीवन का अंतिम लक्ष्य कैसे? इन सवालों के जवाब इस पुस्तक में आसान करके बताए गए हैं।

Total Pages- 200
Price - 195/-

संपूर्ण ध्यान
२२२ सवाल

आमतौर पर ध्यान को एक जटिल विषय माना जाता है मगर यह पुस्तक बड़े ही सरल तरीके से पाठकों को ध्यान की संपूर्णता से परिचित कराती है। पुस्तक से आप ध्यान क्या है, ध्यान क्या नहीं है, इसकी आवश्यकता, महत्व, लाभ, विधियाँ... आदि जानकारी प्राप्त कर सकेंगे। पुस्तक पाँच भागों में विभक्त है। प्रत्येक भाग में विद्यार्थियों, खोजियों, शिष्यों, साधकों और भक्तों के लिए अलग-अलग दृष्टांत दिए गए हैं। साथ ही ध्यान से संबंधित २२२ प्रश्नों का सरल समाधान दिया गया है।

Total Pages- 200
Price - 170/-

मृत्यु उपरांत जीवन
महाजीवन

मृत्यु प्रकृति द्वारा प्रदान की गई एक विधि है, जिसके द्वारा संसार लीला को आगे बढ़ाता जा रहा है। इस विधि द्वारा मनुष्य अपनी तरंग बढ़ा पाता है तथा सूक्ष्म जगत में अभिव्यक्ति कर पाता है। सच्चाई तो यह है कि स्थूल शरीर की मृत्यु, सूक्ष्म शरीर प्राप्त करने की एक विधि है मगर यह विधि ही लोगों के दुःख का कारण बन गई है। मनुष्य को पृथ्वी पर मृत्यु देखकर दुःखी नहीं होना चाहिए क्योंकि आगे की यात्रा इसी जीवन का विस्तार है, जिसे महाजीवन कहा गया है।

जीवन से मृत्यु उपरांत जीवन और मृत्यु उपरांत जीवन से महानिर्वाण निर्माण की यात्रा ही वास्तव में पूर्ण जीवन है, महाजीवन है। तो आइए, मृत्यु की सही समझ पाकर, महाजीवन की यात्रा का शुभारंभ करें।

तेजज्ञान फाउण्डेशन के नए
YouTube - "Happy Thoughts Channel" पर
'संपूर्ण जीवन दर्शन-365 सवाल' श्रृंखला का लाभ लें

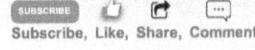

SUBSCRIBE
Subscribe, Like, Share, Comment

आत्मविकास से आत्मसाक्षात्कार की यात्रा

'संपूर्ण जीवन दर्शन' यह 365 सवालों की श्रृंखला है जो जीवन के सभी आयाम जैसे अध्यात्म, कर्म, भाग्य, ज्ञान, ध्यान, प्रार्थना, भक्ति, जन्म, मृत्यु, क्षमा, स्वास्थ्य, समृद्धि, खुशी, रिश्ते-नाते, विकास, सफलता इत्यादि सभी आयामों पर एक नई रोशनी डालती है। 365 सवालों की यह श्रृंखला आपको आत्मविकास से आत्मसाक्षात्कार की मंज़िल तक पहुँचने में सहायता करेगी।

☞ "Happy Thoughts Channel" **को आज ही सबस्क्राइब करें**

– तेजज्ञान इंटरनेट रेडियो –

२४ घंटे और ३६५ दिन सरश्री के प्रवचन और
भजनों का लाभ लें,
तेजज्ञान इंटरनेट रेडियो द्वारा। देखें लिंक
http://www.tejgyan.org/internetradio.aspx

हर रविवार सुबह १०.०५ से १०.१५ तक रेडियो
विविध भारती, एफ. एम. पुणे पर 'हॅपी थॉट्स कार्यक्रम'

www.youtube.com/tejgyan
पर भी सरश्री के प्रवचनों का लाभ ले सकते हैं।
For online shoping visit us - www.tejgyan.org,
www.gethappythoughts.org

पुस्तकें प्राप्त करने के लिए नीचे दिए गए पते पर मनीऑर्डर द्वारा पुस्तक का मूल्य भेज सकते हैं। पुस्तकें रजिस्टर्ड, कुरियर अथवा वी.पी.पी. द्वारा भेजी जाती हैं।
पुस्तकों के लिए नीचे दिए गए पते पर संपर्क करें।

* WOW Publishings Pvt. Ltd. रजिस्टर्ड ऑफिस–E-4, वैभव नगर, तपोवन मंदिर के नज़दीक, पिंपरी, पुणे- 411017
* पोस्ट बॉक्स नं. 36, पिंपरी कॉलोनी पोस्ट ऑफिस, पिंपरी, पुणे - 411017
फोन नं.: 09011013210 / 9623457873

आप ऑन-लाइन शॉपिंग द्वारा भी पुस्तकों का ऑर्डर दे सकते हैं।
लॉग इन करें - www.gethappythoughts.org
300 रुपयों से अधिक पुस्तकें मँगवाने पर 10% की छूट और फ्री शिपिंग।

e-mail
mail@tejgyan.com

website
www.tejgyan.org, www.gethappythoughts.org

- विश्व शांति प्रार्थना -

'पृथ्वी पर सफेद रोशनी (दिव्य शक्ति) आ रही है।
पृथ्वी से सुनहरी रोशनी (चेतना) उभर रही है।
विश्व से सारी नकारात्मकता दूर हो रही है।
सभी प्रेम, आनंद और शांति के लिए
खुल रहे हैं, खिल रहे हैं।'

यह 'सामूहिक अव्यक्तिगत प्रार्थना' तेजज्ञान फाउण्डेशन के सदस्य पिछले कई सालों से निरंतरता से कर रहे हैं। खुश लोग यह प्रार्थना कर सकते हैं और बीमार, दुःखी लोग उस वक्त एक जगह बैठकर इस प्रार्थना को ग्रहण कर स्वास्थ्य लाभ पा सकते हैं।

यदि इस वक्त आप परेशान या बीमार हैं तो रोज़ सुबह या रात 9:09 को केवल ग्रहणशील होकर इस भाव से बैठें कि 'स्वास्थ्य और शांति की सफेद रोशनी जो इस वक्त प्रार्थना में बैठे कई लोगों द्वारा नीचे पृथ्वी पर उतर रही है, वह मुझमें भी अपना कार्य कर रही है। मैं स्वस्थ और शांत हो रहा हूँ।' कुछ देर इस भाव में रहकर आप सबको धन्यवाद देकर उठें।

तेजज्ञान फाउण्डेशन – मुख्य शाखाएँ

पुणे (रजिस्टर्ड ऑफिस)
विक्रांत कॉम्प्लेक्स, तपोवन मंदिर के नज़दीक,
पिंपरी, पुणे-४११ ०१७. फोन : 020-27411240, 27412576

मनन आश्रम
सर्वे नं. ४३, सनस नगर, नांदोशी गाँव, किरकटवाडी फाटा,
तहसील- हवेली, जिला- पुणे - ४११ ०२४.
फोन : 09921008060

e-books
•The Source •Complete Meditation
•Ultimate Purpose of Success •Enlightenment
•Inner Magic •Celebrating Relationships
•Essence of Devotion •Master of Siddhartha
•Self Encounter, and many more.
Also available in Hindi at www. gethappythoughts.org

e-magazines
'Yogya Aarogya' & 'Drushtilakshya'
emagazines available on www.magzter.com

यह पुस्तक पढ़ने के बाद आप अपना अभिप्राय (विचार सेवा) इस पते पर भेज सकते हैं... *Tejgyan Global Foundation, Pimpri Colony Post office, P.O. Box 25, Pune - 411 017. Maharashtra (India).*

www.ingramcontent.com/pod-product-compliance
Lightning Source LLC
LaVergne TN
LVHW041854070526
838199LV00045BB/1594
* 9 7 8 9 3 8 7 6 9 6 4 2 6 *